Julia Wernle

Für immer in Erinnerung

Roman

Bibliografische Information der Deutschen
Nationalbibliothek:
Die Deutsche Nationalbibliothek verzeichnet diese
Publikation in der Deutschen Nationalbibliografie;
detaillierte bibliografische Daten sind im Internet über
http://dnb.dnb.de abrufbar.

Herstellung und Verlag: BoD – Books on Demand,
Norderstedt

ISBN: 978-3-7568-6090-6

Jedes Wort, jede Zeile, jede Seite ist für dich, Papa. Du hast mir das Lesen nähergebracht, mich ermutigt, zu schreiben und an meine Träume zu glauben. Dafür bin ich dir unendlich dankbar. Für das und für vieles mehr.

PROLOG

Papa summt vor sich hin. Im Radio läuft *Live is Life*. Er wirkt beschwingt und klopft locker auf das Lenkrad, während er mehr oder weniger aufs Gas steigt.

„Du magst dieses Lied", bemerke ich und Papa grinst.

„Ja, das und das eine von diesem dicken Hawaiianer mit der Gitarre."

„Der Dicke mit der Gitarre", wiederhole ich lachend und kann nur den Kopf schütteln. „Du meinst das Lied *Somewhere over the rainbow*", korrigiere ich ihn, woraufhin er zustimmend nickt. Ich schaue aus dem fahrenden Auto und beobachte die Leute, die auf dem Gehweg auf und ab spazieren. Sie sind fast gleich schnell wie wir.

„Weißt du eigentlich, dass das Lied, das soeben im Radio spielt, von Mama und mir ist?", fragt er und den kurzen Moment, den er zu mir blickt, leuchten seine Augen.

„Oh mein Gott, dann haben Opus euch den Song geklaut?!", ziehe ich Papa durch den Kakao und lache. Was für eine Vorstellung: Meine Eltern auf der Bühne, umgeben von tausenden Fans, die begeistert im Takt mitklatschen. Das passt genauso wenig zusammen, wie wenn ich die Fußball-Nationalmannschaft trainieren würde.

„Nein, ich meinte, dass es unser Lied ist. So ein Pärchen-Ding", erklärt mir Papa verschmitzt und nun lache ich erst recht.

„So ein *Pärchen-Ding*", zitiere ich ihn schmunzelnd.

„Da versucht man einmal ein vernünftiges Vater-Tochter-Gespräch zu führen und das kommt dabei heraus", gibt er seinen Senf hinzu und wirkt genauso amüsiert wie ich über unseren Dialog.

„Ich mach doch bloß Spaß. Ich wusste schon bei deiner ersten unglücklichen Formulierung, was du meinst", versichere ich und bitte ihn, weiterzuerzählen.

„Das Lied lief in der Disco, in der ich mit Mama war. Wir hatten uns am selben Tag kennengelernt. Das war in Griechenland. Wie verrückt das Leben manchmal läuft. Da lernt man eine flotte Biene aus Niederösterreich ausgerechnet in Griechenland kennen! Nicht, dass sie mir vielleicht am Wörthersee über den Weg gelaufen wäre, nein." Papa schwelgt in Erinnerung und ich weiß nicht, was ich unterhaltsamer finde: dass er mit Mama die Disco unsicher gemacht hat oder sie als flotte Biene bezeichnet. „Ach, was war das für ein grandioser Abend. Die ganze Nacht über haben wir getanzt, gelacht und ja, geküsst habe ich sie auch." Papa plaudert verliebt aus dem Nähkästchen und kann sich das Grinsen nicht verkneifen, dass er Mamas Herz wenige Stunden nach ihrer ersten Begegnung für sich gewann. An dieser Stelle nehme ich mir fest vor, dass ich Mama mal nach ihrer Version frage. Papa übertreibt gern. Das weiß ich deshalb so genau, weil ich ebenfalls mit dieser Eigenschaft gesegnet bin, und diese habe ich eindeutig von ihm. Tja, wie war das nochmals mit dem Apfel und dem Stamm. „Jetzt sind wir über dreißig Jahre verheiratet und ich liebe deine Mutter wie am allerersten Tag."

„Ohhh, wie romantisch ... Als würde ich mit meiner besten Freundin quatschen", albere ich und finde es gleichzeitig herzig, dass er diese Erinnerung mit mir teilt.

„Live is Life", legt er noch eines drauf und schmunzelt über sich selbst. Die Ampel blinkt. Papa bleibt stehen, obwohl es sich locker ausgegangen wäre, noch die Straße zu überqueren. Aber nein, er wartet lieber, bis die Ampel wieder auf Grün springt. Zum Ärger von den Autofahrern hinter uns. Das macht er jedes Mal und meint dann frech, dass er keinen Stress hat. Schließlich ist er Pensionist.

„Wir freuen uns, wenn du wieder da bist", sagt er und verrenkt sich fast den Kopf, während er die Ampel fixiert und dabei das Lenkrad fest umklammert, als könnte ihn jemand bitten, auszusteigen. Was dem Fahrer hinter uns und ein paar anderen Mitmenschen sicherlich nicht so unrecht wäre.

„Ach, Papa. Ich bin doch nicht lange weg. In lausigen vier Wochen gehe ich euch wieder auf die Nerven, versprochen." Papa zuckt daraufhin bestätigend mit den Schultern. „Stimmt ... Trotzdem, wir freuen uns." Erneut sieht er mich an und lächelt. Da schwenkt die Ampel auf Grün und ehe er reagiert, wird hinter uns hysterisch gehupt. „Wir lassen uns nicht hetzen", murmelt er, während er langsam aber doch das Gaspedal benützt.

Im Schneckentempo geht's dahin. Als Paps Beifahrerin muss man eine große Portion Geduld mitbringen. Und das ist eine Tugend, die ich normalerweise nicht mitbringe. Da macht mich seine überaus entspannte Fahrweise *wahnsinnig*. Vermutlich liegt das aber daran, dass ich für gewöhnlich irrsinnig gestresst bin. Dann hetze ich ihn, dass er sich beeilen soll. Heute ist es ausnahmsweise mal anders. Wir haben es pünktlich aus dem Haus geschafft, oder besser gesagt *ich* habe es endlich mal pünktlich geschafft, und bin deshalb super gelassen. Der Zug geht erst in einer halben Stunde nach Wien.

Gemütlich biegt Papa in die Tiefgarage vom Bahnhof ab. Wir rollen gemächlich die Einfahrt hinunter. Papa zieht ein Ticket und die Schranken gehen auf.

„Sesam öffne dich", kommentiert Papa und ich sag kurzerhand hex-hex, bloß um uns gegenseitig zum Lachen zu bringen. Und schon ist der magische Moment auch wieder vorbei.

„Schön, dass du da warst", sagt Papa zum x-ten Mal. Ich lächle und weise ihn ein, wie er sich einparken soll. Natürlich ignoriert er das gekonnt und parkt sich aus Trotz woanders hin. Der Wagen hält. Papa summt vor sich hin und es klingt von der Melodie her nach dem Song von vorhin. Wir steigen aus und er reicht mir meinen Koffer.

„Soll ich noch mitkommen?", fragt er fürsorglich, allerdings lehne ich dankend ab.

„Schon gut. Mit fast dreißig schaffe ich das selbst, mich durch den Bahnhofsdschungel zu schlagen", albere ich.

„Ach, Amelie. Ich möchte einmal erleben, dass du mir normal antwortest." Diesen Satz höre ich von ihm öfters.

„Ach, Daddy. Ich möchte einmal erleben, dass du mich nicht daran erinnerst. Das ist doch langweilig und so sind wir ja nicht."

Papa lacht. „Stimmt allerdings."

„Ich muss zum Ticketschalter und hole mir noch was von der Bäckerei. Schließlich habe ich alle Zeit der Welt. Was so viel heißen soll wie: Danke, ich komm zurecht. Also fahr heim und genieß dein Pensionisten-Dasein. Deine flotte Biene ist bestimmt bald von der Arbeit zurück und ihr könnt euch noch einen erholsamen Nachmittag machen. Wer weiß, vielleicht gibt's heute Abend ein Honigbrot."

Daraufhin blödeln Papa und ich herum, wie Mama im Bienenkostüm Honigbrote verteilt.

„Das wäre ja mal ein kreativer Marketinggag", muss ich zugeben und füge hinzu, wie schade es ist, dass ich in keine Imker-Familie hineingeboren wurde.

„Das sagt die Veganerin unter uns", meint Papa.

„Touché!", kichere ich und drücke Papa fest an mich. „Hab dich lieb, Daddy", sage ich, während er mich fest im Arm hält.

„Ich dich auch. Ich bin stolz auf dich", setzt er noch eines drauf. „Du wirst deinen Weg schon machen. Lass einfach alles auf dich zukommen."

„Jaaa, mach ich ...", antworte ich auf seine lieb gemeinte Predigt und lass ihn los. „Ne, noch einmal", ändere ich meine Meinung und schon gibt es eine weitere Umarmung. Und dann noch eine, schließlich sind alle guten Dinge drei. Papa lacht. Er amüsiert sich immer wieder über unseren theatralischen Abschied. Perfekt, dass wir heute so überpünktlich sind, sonst wäre sich dieser nicht ausgegangen.

„Hab eine angenehme Fahrt. Wird sicherlich schnell vergehen. Hab dich lieb", sind Papas letzte Worte und ich schmunzle, dass er sich wiederholt.

„Ja, Papa. Spread the love. Bis daaann!", nehme ich ihn aufs Korn und ruf ihn noch zu, dass er der beste Papa auf der Welt ist. Peinlich berührt lacht er. Demzufolge sage ich gespielt mahnend, dass er brav bleiben soll.

„Du aber auch!", ruft er zurück und winkt. Ich rolle den Trolley hinter mir her und gehe zum Eingangsbereich vom Bahnhof. Es ist eine automatische Glastüre, durch die ich nochmals durchblicke und Papa dabei beobachte, wie er zum Kartenautomat schlendert, damit er wieder aus der Garage kommt. Ich bleibe kurz stehen, was er nicht mitbekommt. Irgendwie habe ich ein komisches Gefühl in der Bauchgegend, welches ich gleich beiseiteschiebe. Generell habe ich öfters die Sorge, dass es der letzte Moment sein könnte, den man mit einem geliebten Menschen teilt. Traurigerweise war das solch einer. Ohne es zu wissen und ohne jegliche Vorwarnung war das die letzte Begegnung, die ich mit Papa hatte. Unser letztes Gespräch. Unsere letzte Umarmung. Rückblickend frage ich mich, ob es an diesem Tag so sein hat sollen, dass unsere letzten Minuten derart locker und ohne Zeitdruck abliefen. Dass ausgerechnet dieser Tag eine der wenigen Male war, dass wir nicht zum Bahnhof gestresst sind, sondern alles gemütlich verlief und wir uns in Ruhe verabschieden konnten. Als ob es so sein musste, dass Papa und ich noch einen letzten Papa-Tochter-Augenblick hatten, ehe wir für immer entzweit wurden.

KAPITEL 1

Was man sich ausmalt, wie das Leben zu verlaufen hat? Welch außergewöhnliche Dinge man erleben will. So viele unvergessliche Momente wie möglich sammeln. Lachen, Spaß haben, neue Eindrücke gewinnen. Hindernisse meistern, Pläne schmieden und hinnehmen, dass keiner davon aufgeht. Spontan sein und gefühlt die Welt erobern. Jeden Tag genießen, als ob es der letzte wäre. Mit dem Hintergedanken, dass das Leben unendlich zu sein scheint. Kaum jemand macht sich dabei Gedanken, wie es wirklich wäre, wenn man bloß noch einen Tag zu leben hätte.

Vierundzwanzig   Stunden.
Tausendvierhundertvierzig Minuten.

Niemand geht davon aus, dass seine eigene Geschichte lediglich aus ein paar Kapiteln bestehen könnte. Hoffen wir nicht alle, dass es stattdessen ein Besteller wird? Unzählige Seiten. Ein richtiger Wälzer, der nicht aufhört, spannend zu bleiben. Ein Abenteuer, das Zeile für Zeile fesselt und voller Emotionen gepackt ist, die einen nicht mehr loslassen wollen. Mit filmreifen Szenen, Freude, positiven Gedanken und wundervollen Anekdoten gefüllt, die man sich im hohen Alter gerne zurück ins Gedächtnis ruft. Wenn Herausforderungen und Sorgen rückblickend winzig klein erscheinen oder einfach als die beste Lektion überhaupt. Dann, genau dann, wenn einem die vielen Falten im Gesicht egal sind und man sich locker zurücklehnt, freut man sich über jede einzelne Peinlichkeit, die einem herzhaft zum Lachen brachte. Dann erinnert man sich zurück. An das junge Ich, die Leichtigkeit, die Lebensfreude. Man spürt sie am gesamten Körper, in jeder einzelnen Zelle. Man sieht sich die eigene Lebensgeschichte von einer anderen Perspektive an, und zwar immer und immer wieder. Vielleicht sogar in Endlosschleife. Kein Wunder, denn was gibt es Schöneres, als diese Bilder zum hundertsten Male abzuspielen?

Eine meiner bittersten Vorstellungen war zweifelslos die, irgendwann Dinge zu vergessen. Wenn einzigartige Tage plötzlich vernebelt und nicht zuordbar im Kopf schwirren. Wenn Seiten meiner Lebensgeschichte an Farbe verlieren und die Worte kaum lesbar sind. Ein weißes Blatt Papier, das davor noch von einer romantischen Begegnung erzählte oder einem zweideutigen Vorfall, der einem zum Schmunzeln brachte. Oder noch besser: die Röte ins Gesicht. Was für ein schrecklicher Gedanke, sich nicht daran erinnern zu können. Fürchterlich! Schließlich *lebe* ich dafür, ein abwechslungsreiches Leben zu führen mit vielen grandiosen Highlights. Dabei ist mein Gehirn wie ein gieriger Schwamm, der jedes Detail aufsaugt und gar nicht genug davon bekommt. Es wäre für mich das Schlimmste, wenn davon nichts mehr übrig wäre. Allerdings ... allerdings scheint diese Sorge aktuell so weit entfernt wie noch nie. Ehrlich gesagt, fällt sie nicht mal ins Gewicht. Nicht mal annähernd. Denn anstatt mir Gedanken darüber zu machen, wie es wohl wäre, sich an gewisse Details im hohen Alter nicht mehr erinnern zu können, bin ich damit beschäftigt, mit einem erbarmungslosen Schicksalsschlag zurechtzukommen, mit dem niemand gerechnet hat. Es ist der grauenvollste Tag meines Lebens. Ein Alptraum, der soeben begonnen hat. Und dafür hat eine Mitteilung gereicht.

Ich weiß nicht, was passiert ist. Ich weiß bloß, dass Ende sechzig kein Alter ist, sich von der Welt zu verabschieden. Ich bin weit davon entfernt, zu akzeptieren, dass mein Papa einfach eingeschlafen und nicht mehr aufgewacht ist. Es gelingt mir kaum, klar zu denken. Panisch dreht sich die Nachricht im Kreis und meine einzige Antwort darauf ist, dass es ein Irrtum sein muss. Es nicht sein kann, was sich hier abspielt. Ohne uns davor zu warnen. Ohne uns darauf vorzubereiten. Es ist unlogisch. Ich meine, er war kerngesund. Ihm fehlte es an *nichts*.

Meine Schwester Eloise hält mich fest an sich. Zusammengekauert liege ich am Boden. Wie gelähmt schaffe ich es nicht, mich aufzurichten. Ich bekomme schwer Luft. Ich überventiliere. Selbst vollkommen aufgelöst, versucht mich meine Schwester mit zitternder Stimme zu beruhigen. Meine Welt bricht zusammen. *Unsere* Welt. Ich verstehe es nicht. Wie kann es sein, dass er unvorhergesehen aus unserem Leben gerissen wurde?

Eigentlich absurd wie schnell und unerwartet das Leben vorbei sein kann. Das Leben eines geliebten Menschen. Jemand, der einem nahesteht und stets da war. Dieser unfassbare Schmerz, der mir einen Stich in meine Brust verpasst. Ein Gefühl, das mich wohl mein Leben lang begleiten wird. Diese Tragödie, die uns alle überrumpelt und die keiner haben wollte, bringt neben dem Verlust eine tückische Angst mit. Die Angst, dass man nie weiß, wann das letzte Kapitel geschrieben ist.

KAPITEL 2

Tränenmüde. Ich wusste gar nicht, dass dieses Wort existiert. Nun ist es aus meinem Wortschatz nicht mehr wegzudenken. Erschöpft liege ich auf meinem Bett, ausgelaugt von den letzten Tagen. Papas Verlust ist kräftezerrend. Die vielen Tränen, die ich vergossen habe. Mir gelingt es nicht, durchzuschlafen, um meine verlorenen Energiereserven wieder aufzutanken. Sobald ich die Augen schließe, sehe ich Papas Leiche auf der Couch. Friedlich lag er da, auf seinem Lieblingsplatz. Seine Gesichtszüge komplett entspannt. Als hätte er sich ein Nickerchen gegönnt. Das nächste Bild, das sich unweigerlich in meinen Kopf gebrannt hat, ist Papa im Sarg zu sehen: geschminkt, im Pulli, mit geschlossenen Augen und einem kleinen Lächeln auf seinen Lippen. Er lag vor uns, doch er wirkte wie eine leere Hülle, die nicht mehr das Zuhause seiner Seele war. Kurz stellte ich mir vor, dass er uns mitfühlend im selben Raum stehend beobachtet, wie wir uns in Tränen aufgelöst von ihm verabschieden. Beide Male als ich Papa tot vor mir liegen sah, fühlten sich meine Beine wackelig an. Als wären meine Muskeln weich wie Pudding und ich kurz vor dem Zusammenbruch. Der Gedanke an Papas Leiche ist das Schlimmste, denn das macht es real. Da hat man keinen Hoffnungsschimmer mehr, dass er doch noch durch die Türe kommen könnt und sich alles als geschmackloser Scherz entpuppt. Noch nie in meinem Leben hatte ich solch eine Traurigkeit gefühlt. Niemals werde ich vergessen, wie meine Schwester unangekündigt bei mir auftauchte, um mir die Nachricht persönlich zu überbringen. Es war ein Vormittag unter der Woche. Ich arbeitete im Homeoffice und war überrascht, dass sie plötzlich vor meiner Türe stand. Sofort hatte ich das Gefühl, dass etwas nicht stimmt. Ich versuchte, diesen negativen Gedanken schnell zu verdrängen. Vielleicht hatte sie frei und ich hatte einfach nicht mehr dran gedacht und sie wollte bloß vorbeischauen, um Hallo zu sagen. Im Nachhinein naiv, wie ich mir eine Erklärung zusammenreimte. Ich hörte ihre Absätze im Stiegenhaus. Klack, klack, klack. Ich stand bereits im Türstock und wartete auf sie. Es war nicht nur ihr Anblick, der mir verriet, dass es etwas Gröberes ist, sondern die Tatsache, dass sie mein Schwager begleitete. Ich fragte sie, was los sei, doch sie konnte mich nicht ansehen. Schüttelte den Kopf. Bat mich, in die Wohnung zu kommen. Gleichzeitig sah ich zu ihrem Lebensgefährten. Der Schock war ihm ins Gesicht geschrieben. Und dennoch rechnete ich mit allem, bloß nicht mit dieser Nachricht, die sie kurz davor von unserer Mutter erfahren hat. Eloise fühlte sich lange schuldig, dass sie mich benachrichtigen musste. Als ältere Schwester wollte sie mich stets vor dem Bösen beschützen. Und das gelang ihr auch. Bis zum Tag als Papa starb.

Gedankenverloren scrolle ich auf Instagram und will mich ablenken. Das Wort *tränenmüde* schien vorhin als Post auf und ich dachte mir bloß, wie passend und dass ausgerechnet jetzt. Ohne den Beitrag zu kommentieren, fahre ich fort und schaue mir andere an. Strahlende Gesichter. Mich überkommt der Neid. Wie gerne würde ich mit ihnen tauschen. Wie gerne hätte ich mein normales Leben zurück. Ohne Leid, ohne Schmerz. Ich will lachen und Spaß haben und mich nicht hilflos und klein fühlen. Während andere feiern, Ausschnitte aus ihrem Leben teilen, liege ich wie ein Häufchen Elend auf meinem Bett und muss erst mal mit dem schwarzen Schleier klarkommen, der sich ungefragt über mich gelegt hat. Ich hasse das. Ich hasse, was uns widerfahren ist. Ich hasse, dass Papa nicht mehr ist. Ich frage mich, warum es ausgerechnet uns trifft. Warum jetzt? Und warum überhaupt? Kann bitte jemand die Zeit zurückdrehen? Zig Fragen schwirren in meinem Kopf. Keine davon lässt sich beantworten. Wäre es einfacher gewesen, wenn wir darauf vorbereitet worden wären? Wenn uns jemand gewarnt hätte? Wenn wir gewusst hätten, was auf uns zukommt? Keine Ahnung. Vermutlich nicht. Ich frage mich, wie ich mit diesem Gefühl umgehen soll. Warum bereitet einem niemand auf solch ein Unglück vor? Ja, das Leben ist endlich und ja, wir müssen alle mal sterben, aber *wieso* redet niemand darüber? Wieso geht gefühlt jeder davon aus, dass man noch zig Jahre vor sich hat? Wieso verschiebt man alles auf später? Und warum setzt sich niemand damit auseinander? Verdammt noch mal, wieso bin ich selbst nicht auf den Gedanken gekommen, mich damit auseinander zu setzen? Ich spüre die Wut, die Trauer. Der ganze Frust kommt in mir hoch und erneut breche ich in Tränen aus. Es tut so weh. So unglaublich weh und ich spüre, wie sich der dunkle Schleier fest um mich wickelt und mir beinahe die Luft zum Atmen raubt.

Inzwischen ist es ein Monat her als Papa von uns gegangen ist. Vier erdrückende Wochen.

Ich bin ausgelaugt, fühle mich zerbrechlich wie Porzellan. Ich kann mich nicht erinnern, wann ich mich das letzte Mal derart hilflos gefühlt habe, beinahe kindlich. Mit fast dreißig wünsche ich mir nichts sehnsüchtiger als von meinem Papa in den Arm genommen zu werden. Ich möchte von ihm hören, dass alles gut wird und er mich lieb hat. Ist das zu viel verlangt? Papas Tod hat mir den Boden unter meinen Füßen gezogen. Seitdem spüre ich mich nicht mehr. Dieses Gefühl ist unerträglich. Diese innere Leere, dieser Frust. Meine Lebensfreude, meine positive Energie sind wie weggeblasen. Futsch. Nicht mehr auffindbar. Ich erkenne mich selbst nicht wieder. Jede Kleinigkeit ist mir zu viel. Ich reagiere auf alles um mich herum hochsensibel. Gereizt wie ein trotziger Teenager in der Pubertät. Diese Stimmungsschwankungen sind anstrengend. Sie kosten mich enorme Kraft, die ich ohnehin nicht mehr habe. Ich habe meine Gefühlswelt nicht mehr unter Kontrolle, breche ständig in Tränen aus. Eine Kleinigkeit genügt und ich kann mich nicht mehr halten. Meine Augen sind geschwollen. Anfangs waren sie richtig entzündet. Sowas hatte ich noch nie. Wie dicke Rahmen, die meine Gefühlslage optisch betonten und dass, obwohl ich mich am liebsten hinter meinen Tränen versteckt hätte.

Es gibt sie, die Phasen, in denen ich lachen kann. Da verdränge ich, was passiert ist. Für eine Weile scheint alles zu vergessen. Dann bin ich glücklich. Doch dieses unbeschwerliche Gefühl hält nicht lange an. Blitzartig und ohne große Vorankündigung kommt die Trauer wieder in mir hoch. Sie packt mich, holt mich regelrecht ein und reißt mich zu Boden. Ich *hasse* es, nicht die Kontrolle zu haben. Nicht Herrin der Lage zu sein. Ich befinde mich in einer nicht enden wollende Gefühlsachterbahn, in die ich niemals einsteigen wollte. Ich wollte weder das Ticket für diese Achterbahnfahrt, noch wollte ich darin feststecken. Ich will aussteigen und diese turbulente Fahrt verlassen. Ich bevorzuge meine rosarote Sunshine-Bubble, die ich selbst steuern kann. In der ich mich wohlfühle und in der es keine allzu bösen Überraschungen gibt. Ich mag es, fröhlich zu sein. Fröhlich und frech durch den Alltag zu gehen. Mich über Kleinigkeiten freuen. Genau in diese kleine Wohlfühloase will ich zurück. Ich will vom Schmerz nicht davonlaufen. Viel zu sehr habe ich davor Angst, dass er mich früher oder später einholen könnte. Deswegen habe ich mir meinen eigenen Masterplan aufgestellt. Wobei Masterplan etwas übertrieben klingt. Verzweifelt auf der Suche nach der für mich idealen Lösung, um mit der Trauer irgendwie umgehen zu können, trifft es wohl eher. Ich höre täglich Podcasts, habe mir Bücher gekauft. Ich setze mich bewusst mit dem Thema auseinander. Ich meditiere und schreibe meine Gedanken auf. Ich gehe raus, mache Sport, schotte mich nicht ab. Und dennoch, es ist nichts dabei, was mir hilft, um wieder in meiner Mitte anzukommen. Das frustriert mich. Es macht mich sauer. Ich will, dass alles wieder so ist, wie es war. Ich will, dass Papa nach Hause kommt, mich umarmt, mit uns lacht. Ich will weder meine Mama noch

Eloise so niedergeschlagen sehen. Ich will nicht in den Spiegel schauen, meine dunklen Schatten unter den Augen und meine blasse Haut erkennen und mir denken, dass ich beschissen aussehe. Ich will unbeschwert durchs Leben gehen und Freude empfinden. Stattdessen fange ich auf Knopfdruck zu heulen an.

Papa war ein wichtiger Teil in unserem Leben. Wir waren ein unschlagbares Team. Wir gegen den Rest der Welt. Und auf einmal ist dieses Team zerbrochen. Aufgelöst in unzählige Stücke. Ein Puzzle, bei dem ein zentraler Teil fehlt ... Wie wertvoll unser Familienleben war, wird mir jetzt erst bewusst. Jetzt weiß ich die gemeinsame Zeit erst richtig zu schätzen. Wie selbstverständlich ich diesen Zusammenhalt wahrgenommen habe. Ich habe mich mehrmals sogar lustig darüber gemacht, dass es bei uns zugehe, wie in der Serie *Eine himmlische Familie*, abgesehen davon, dass Papa kein Pfarrer war. Wie oft wir uns zum Abschied umarmt haben. Zweimal, dreimal und gleich noch einmal. Wie oft wir uns gesagt haben, dass wir uns liebhaben. Dass wir stolz aufeinander sind. Fast übertrieben. Und jetzt, wo Papa nicht mehr ist, bin ich dankbar dafür. Für jede weitere Umarmung. Für jeden Lacher, den ich Papa entlockt habe. Für jedes liebe Wort, das nachgerufen wurde, um sicherzugehen, dass es ja ankommt. Natürlich haben wir mal gestritten. Das gehört dazu. Aber egal was war, wir haben wieder zueinander gefunden. Meine Mama hat da viel Wert daraufgelegt: „Was auch passieren mag, ihr sollt immer das Gefühl haben, dass ihr mit uns reden könnt. Dass ihr nachhause kommen könnt. Wir sind für euch da. Ganz gleich, was war, die Türen stehen euch offen." Mamas Monolog kenn ich in und auswendig. Aber sie hatte recht. Zuhause war stets ein sicherer Ort. Hier konnte gelacht, geblödelt, geheult werden. Man konnte sein, wie man ist – egal ob gut oder schlecht gelaunt. Wir waren füreinander da. Für Außenstehende mag ich viel zu wohlbehütet aufgewachsen sein. Das wurde mir mal gesagt. Ich hingegen bin dankbar, solch eine Liebe erfahren zu haben.

Denn dieses Gefühl, kann ich selbst weitergeben. Die Werte, die mir mitgegeben wurden, trage ich in mir. Was gibt es Kostbareres?

Nun, da Papa nicht mehr da ist, wird mir all das erst bewusst. Abgesehen davon hinterfrage ich plötzlich *alles*. Mein gesamtes Leben. Jede Kleinigkeit. Meine Entscheidungen. Meine Träume und Wünsche und vor allem auf was ich noch warten soll. Das Leben kann so schnell vorbei sein. Papa war das beste Beispiel dafür. Wir wissen nicht, wann es uns trifft. Niemand weiß das. Wieso auf den perfekten Zeitpunkt warten? Den gibt es so oder so nicht. Ganz gleich für was. Sei es für die Verwirklichung des eigenen Herzenswunsches oder das Mitteilen seiner Gefühle. Warum wird ständig gewartet? Warum fällt es einem derart schwer, Unsicherheiten und Bedenken loszulassen und Dinge anders zu machen? Oder sich mitzuteilen, aus dem Hamsterrad auszubrechen und selbstbestimmt das Leben zu führen, das man für sich wünscht?

Mir fällt auf, dass Dinge, die früher wichtig erschienen, an Wichtigkeit verlieren. Dramen in der Arbeit gehen spurlos an mir vorbei. Was wahrhaftig wichtig im Leben ist, kommt unweigerlich zum Vorschein. Und zwar die Menschen, die einen lieben. *Das* ist von Bedeutung. Zeit mit den Liebsten zu verbringen, die einem ein Lächeln ins Gesicht zaubern. Eindrucksvolle Momente festhalten und durchs Leben gehen. Sich über die alltäglichen Dinge freuen und sich nicht den Kopf über etwas zu zerbrechen, was letztendlich keine Bedeutung hat. Was mich in der Flut meiner Gedanken zusätzlich begleitet, ist die permanente Sorge, dass uns ein weiterer Schicksalsschlag widerfährt und wen es als nächstes treffen könnte. Das russische Roulette, das niemand spielen will ...

Papas Verlust hat uns alle überrannt. Die Angst, dass eine Umarmung oder ein Gespräch die letzte sein könnte. Dieses Gefühl ist echt scheiße. Ich kann es nicht anders in Worte fassen.

Geknickt lege ich mein Handy beiseite und gebe mir einen Ruck, vom Bett aufzustehen. Kurz dreht sich alles. Vermutlich bin ich leicht dehydriert. Antriebslos schlendere ich aus meinem alten Kinderzimmer, das sich in all den Jahren kaum verändert hat. Sogar die Boyband-Poster sind noch dieselben. Als wäre ich in einer Zeitkapsel gefangen. Ich bewege mich in die Küche. Im Haus ist es viel zu still. Es läuft kein Radio, ich höre niemanden sprechen. Auf dem Küchentresen finde ich eine Nachricht von Mama und Eloise. Sie sind spazieren. Fein, dann bin ich ein bisschen für mich. Ich schenke mir Wasser ein und greife nach ein paar Trauben. Etwas unbeholfen schiebe ich eine nach der anderen in meinen Mund, schmecke jedoch nicht wirklich was. Meine Gedanken kreisen umher. Ich fühle mich nach all den Wochen immer noch wie in einem schlechten Film. Ich tu mir schwer, das ganze wahrzuhaben und realisiere es noch nicht ... Warum musste Papa gehen? Eine Frage, die sich gar nicht zu stellen lohnt. Beantworten kann diese ohnehin niemand. Es ist wie es ist und das anzunehmen ist die größte Herausforderung.

Ich schaue aus dem Fenster. Draußen scheint die Sonne. Ein Traumwetter, das dazu einlädt, nach draußen zu gehen. Ich glaub, ich gehe Papa besuchen ... Wie befremdlich das klingt und dabei habe ich diesen Satz nicht mal laut ausgesprochen.

KAPITEL 3

Es ist warm. Ein herrlicher Sommertag, der dazu einlädt, die Sonnenstrahlen zu genießen. Aus meiner Sicht hat der Tag allerdings bereits an Anmut verloren, nachdem ich aufgestanden bin.

Zu meiner 7/8 Hose trage ich eine weiße Bluse. Meine Sonnenbrille kaschiert meine dunklen Augenringe und meine Umhängetasche baumelt locker über meiner Schulter. Man könnte meinen, ich wäre mit einer Freundin verabredet, dabei spaziere ich zum Friedhof. Eine halbe Stunde in etwa dauert der Fußmarsch. Heute vermutlich länger. Mein Tempo gleicht einer frustrierten

Schnecke, die im Regen ihr Schneckenhaus verlor und verzweifelt danach sucht, bloß um festzustellen zu müssen, dass sie dieses niemals finden wird. Was für ein trauriger Gedanke, eine hilflose Nacktschnecke zu sein. Gott, ich steh echt neben der Spur.

Auf dem Weg zum Friedhof denke ich ständig an Papa. Ich kriege ihn nicht aus meinem Kopf. Um mir ein wenig Auszeit von meinem Gedankenkarussell zu gönnen, gebe ich mir Ohrstöpsel rein und höre erneut eine Podcast-Folge zum Thema Trauerverarbeitung. Es fühlt sich an, als würde eine Freundin zu mir sprechen, um mich mit ihrer Erfahrung zu unterstützen. Jedes Wort sauge ich auf. In der Hoffnung, dass was dabei ist, das mir Kraft gibt. *Irgendetwas* muss mir doch helfen, um mit Papas Verlust umgehen zu können. Ärger kommt in mir hoch, weil ich nicht weiß, was ich noch machen könnte. Als stände ich immer wieder vor einer Weggabelung, die nirgendwo hinführt.

Viel zu lange dauert es, bis ich am Friedhof ankomme. Prompt steigen all die Gefühle in mir hoch. Kurz bleibe ich vorm Eingangstor stehen, nehme meine Ohrstöpsel raus und atme tief durch. Es dauert einen Moment, bis ich die Kraft finde, da durchzugehen. Überhaupt ist der Weg zu Papas Grab eine Überwindung. Gefangen in meinen Emotionen fühlt sich jeder Schritt mühsam an. Als wäre Beton in meinen Schuhen, was das Vorankommen bremst. Der Friedhof selbst hingegen wirkt idyllisch, teilweise in einem Wald gelegen und unfassbar groß. Ruhig und friedlich ist es hier. Gräber sind an allen Seiten zu erkennen – nur wenige davon nicht liebevoll geschmückt. Vögel zwitschern fröhlich vor sich hin. Ich nehme einen Specht wahr, der voller Begeisterung mit seinem Schnabel an einen Baum hämmert. Ein paar Eichhörnchen rasen wild über die Wiese, rauf auf die hohen Bäume oder zwischen den Gräbern umher. Manche von ihnen wirken verspielt, andere hingegen auffällig pummelig. Nicht selten erspäht man eines mit einer Nuss im Mund. Denen geht es offenbar viel zu gut. Das reinste Schlaraffenland für die kleinen Nager.

Ich trotte den Weg entlang, vorbei an Angehörige, die ihre Liebsten besuchen und sich um dessen Gräber kümmern. Mama, Eloise und ich haben uns gegen ein klassisches Grab entschieden und stattdessen eine Baumbestattung gewählt. Einen Amberbaum, dessen Blätter sich im Herbst in ein feuriges Rot verwandeln. Das hätte Papa gefallen. Allerdings wird es noch dauern, bis der Baum in voller Pracht erblüht. Derzeit ist es noch ein kleinerer mit zarten Ästen, der erst vor ein paar Monaten gesetzt wurde. Doch das ist okay. Er braucht einfach Zeit, um zu wachsen – wie so vieles im Leben. Immerhin kann ich schon mehr grüne Blätter erkennen als beim letzten Besuch. Wobei, gut möglich, dass ich mir das bloß einbilde.

„Hallo Papa", sage ich zum Baum gewandt und spüre, wie sich meine Kehle zuschnürt. Auf die erste Träne, die mir sanft über meine Wange rollt, lässt sich nicht lange warten. Die Blumenkränze der Beisetzung sind mittlerweile vertrocknet und liegen emotionslos am Boden. So wie auch der

Urnenschmuck. Schade. Die Blumen sahen hinreißend aus. Papa las leidenschaftlich gerne, weshalb wir uns für eine Urne in Buchform entschieden. Bei der Beisetzung war diese von zig Blumen umgeben. Wie eine bunte Blumenwiese rankten sie empor. Auch das hätte ihm gefallen. Für Papas Grabstelle planen wir ein Grabstein-Buch mit einem liebevollen Zitat. Es fühlt sich surreal an, dass wir uns darüber überhaupt Gedanken machen müssen. Ich setze mich auf den Boden, meine Beine angewinkelt, um meinen Kopf abzustützen. Sorgsam lege ich eine Hand auf die frische Erde, die Papas Baum umgibt.

„Ich vermisse dich", flüstere ich, ehe mich meine Trauer überkommt und ich mit dem Schluchzen nicht mehr aufhören kann.

KAPITEL 4

Ich wische meine Tränen weg und blinzle meine Augen auf. Als ich kurz erschrecke. Da hockt tatsächlich keinen Meter neben mir ein fülliges Eichhörnchen, das mich groß ansieht. Es wirkt zutraulich und schreckt nicht zurück, als ich mich langsam aufrichte. Ich bin tatsächlich eingeschlafen. Am Friedhof. Da hatte ich ohne Frage komfortablere Schlafmöglichkeiten. Ich gähne ungeniert laut, während ich meine Stirn reibe, um mal wieder zu mir zu kommen. Ich fühle mich neben der Spur. Das Eichhörnchen ist immer noch da und sieht mich gespannt an. Eigenartig.

„Ich habe nichts für dich", spreche ich zu dem kleinen Tierchen, als könne es mich verstehen und in der Hoffnung, dass es sich von mir abwendet. Unbeeindruckt mustert es mich. Langsam drehe ich meinen Kopf, um mich umzusehen. Vielleicht schielt es ja, und meint gar nicht mich, sondern irgendetwas hinter oder neben mir. Ich nehme um mich herum alles wahr und schaue wieder zu ihm. Sein Blick ist immer noch auf mich fixiert. Gut, es meint eindeutig mich. Doch kein schielendes Eichhörnchen wie gedacht.

„Was willst du denn?" Ich reiße fragend meine Augen auf. Jetzt verliere ich wohl endgültig meinen Verstand. Einen Dialog mit einem Eichhörnchen hatte ich auch noch nicht. Oder ich werde paranoid, wer weiß. Schlagartig bewegt es sich und entfernt sich zwei Meter von mir, lediglich um stehen zu bleiben und mich nochmals anzuschauen. Es macht eine leichte Kopfbewegung nach vorne und ich bilde mir ein, dass es mir deuten will, dass ich ihm nachkommen soll.

„Ich werde verrückt", kommentiere ich, während ich mich trotz allem aufrichte, um dem Vierbeiner zu folgen. Ich mein, was soll schon passieren? Von der Neugierde gepackt, gehe ich dem Eichhörnchen hinterher. Es dauert nicht lange und seine Schritte werden immer schneller. Puh, der Kleine ist flotter unterwegs als man meinen möchte. Ich muss fast laufen, um mithalten zu können. Okay, fast ist unterrieben. Vorbei an den vielen Gräbern und auf die Verfolgungsjagd konzentriert, bekomme ich gar nicht mit, wo mich das Tierchen überhaupt führt, das permanent den Kopf in meine Richtung neigt, um sicherzugehen, dass ich wohl nachkomme. Ich beeile mich und denke nicht darüber nach, wo es mich hinbringt.

Nach einer Weile bemerke ich, dass ich mich in einem für mich unbekannten Bereich des Friedhofs befinde. Ich sehe mich ein wenig um. Komisch. Und ich dachte, ich kenne bereits alles. Es handelt sich um eine größere freie Fläche. Voraussichtlich eine, die für weitere Gräber bestimmt ist. Das Eichhörnchen bleibt stehen, wieder ein paar Meter vor mir. Es macht ein Geräusch. Wahrscheinlich seine Art mir zu sagen, dass ich mich tummeln soll. Gott, ist das Viech ungeduldig. Ich beschleunige meinen Gang und bin neugierig, wo mich der kleine Racker hinführt. Es läuft durch ein paar Gebüsche. Weg gibt es keinen und ich habe Schwierigkeiten, ihm zu folgen. Teilweise halte ich den Blick nach unten gerichtet, um meine Hand schützend vor meinem Gesicht zu halten, damit mir keines der dünnen Äste ins Gesicht schnallt, während ich mich durchkämpfe. Ich fasse es nicht, dass ich einem Tier nachlaufe, lediglich weil ich mir einbilde, dass es mir was zeigen will. Ein paar Meter noch und auf einmal befinde ich mich erneut auf einer Grünfläche. Bloß ist diese hier anders. Es ist ein bunter Mix aus bunten Wildblumen, pinken, weißen und gelben Rosen. Das saftig grüne Gras reicht bis zu meinem Schienbein. Große anmutige Bäume, die Schatten spenden. Sträucher, die voller Beeren sind. Was für ein Kontrast! Alles scheint durcheinandergewürfelt und dennoch ergibt es ein harmonisches Gesamtbild. Ein paar Schmetterlinge, die unbekümmert in der Luft tanzen. Bienen, die ihre Kreise drehen und genüsslich vor sich her summen. Ich nehme Vogelgezwitscher war, das wie aufeinander abgestimmt, eine harmonische Melodie ergibt. Völlig fasziniert von diesem unbekannten Ort, nehme ich jedes Detail wahr. Es herrscht eine unglaublich positive Energie und der Anblick ist märchenhaft. Ich schließe die Augen und atme tief ein. Die Luft strömt kraftvoll in meine Lunge und lässt meinen Brustkorb leicht heben, nur um sie im nächsten Moment vollständig auszuatmen. Ich fühle mich lebendig wie schon lange nicht mehr. Als ich meine Augen wieder öffne, bemerke ich, dass mich das Eichhörnchen aufmerksam mustert.

„Na, da hast du mich wo hingeführt", bestätige ich lobend und bin erstaunt von der Pracht, die mich umgibt. Der Nager wirkt zufrieden. Seine Arbeit ist wohl getan. Da macht es wieder eines seiner unverständlichen Geräusche. Und so schnell kann ich gar nicht reagieren, da rennt es mir davon. Ihm nochmals zu folgen, versuche ich erst gar nicht. Keine Chance ihm nachzukommen.

„Das war aber eine kurze Bekanntschaft!", rufe ich ihm gespielt beleidigt hinterher und höre folglich ein Lachen. Wie angewurzelt bleibe ich stehen. Ich erstarre, werde leicht panisch. Diesen Lacher kenne ich. Dieses verschmitzte Lachen, das ich unzählige Male gehört habe und eindeutig meinem lieben Papa gehört. Hektisch schaue mich um, drehe mich im Kreis und versuche dem Geräusch nachzukommen. Das gibt es nicht. Das muss von jemand anderem gewesen sein! Ich gebe nicht auf und lasse nervös meinen Blick umherschweifen. Und auf einmal, zwischen all den bunten Rosen, entdecke ich einen runden Gartentisch. Wie konnte mir dieser zuvor nicht auffallen? Ich gehe ein paar Schritte näher, um mir ein besseres Bild zu machen. Dabei fällt mir im wahrsten Sinne des Wortes die Kinnlade runter, denn um den Tisch herum stehen vier Stühle und auf einem davon sitzt niemand anderes als mein Papa – bestens gelaunt, alles andere als tot und mit einem

Buch in der Hand. Er trägt ein kurzärmeliges blaues Hemd mit Jeans und wirkt äußerst entspannt, während ich perplex dastehe und nicht fassen kann, was ich vor mir sehe. DAS KANN NICHT SEIN. In meinem Kopf rattert es. Mein Verstand kommt nicht nach. Fragen poppen auf, die ich nicht beantworten kann. Wo bin ich hier? Was hat das zu bedeuten? Wie ist das möglich? Ich verstehe nicht, was passiert. Was und wen ich vor mir sehe ist *unmöglich*. Ich muss mir das einbilden. Anscheinend verliere ich den Verstand. Die letzten Wochen waren wohl zu viel für mich ... Oder träume ich etwa?

„Daddy?", frage ich vorsichtig, andererseits laut genug, um seine Aufmerksamkeit zu erhalten. Er strahlt mich an und legt gleichzeitig sein Buch beiseite.

„Amelie! Da bist du ja!" Sein Lächeln ist ansteckend. Wie sonst auch, vor allem wenn er mich länger nicht gesehen hat, bloß dass er dann mit ausgestreckten Armen auf mich zugekommen wäre. Diesmal jedoch bleibt Papa bequem sitzen. Wie versteinert schaffe ich es nicht, mich zu bewegen. Unbewusst halte ich den Atem an. Was passiert hier?

„Ich habe schon auf dich gewartet. Die Eichhörnchen sind auch nicht mehr das, was sie einmal waren", setzt er noch eines drauf, als wäre es das Normalste überhaupt nach all den Geschehnissen mit mir über die Verlässlichkeit von Eichhörnchen zu quatschen.

„Papa", wiederhole ich, bloß diesmal weniger an ihn, sondern mehr an mich gerichtet. Ich schalte meinen Verstand aus und gebe mir einen Ruck, um wie früher als Kind mit großen Schritten auf ihn zuzulaufen. Ich will nichts mehr als ihn umarmen. Ich habe solch eine Sehnsucht danach. Die vergangenen Tage habe ich mir nichts lieber gewünscht. Obwohl der Abstand nicht weit schien, laufe ich doch einige Meter, um endlich an seinem Tisch anzukommen. Allerdings komme ich nicht weiter. So sehr ich es versuche. Als ob uns eine unsichtbare Wand trennen würde. Das gibt es doch nicht! Was soll das?! Frustration macht sich in mir breit, als ich einen weiteren Anlauf starte.

„Stur warst du ja schon immer", scherzt Papa und beobachtet, wie ich nicht aufgebe. Ich hingegen finde das gar nicht lustig. Ganz im Gegenteil! Wie kann er mich bloß durch den Kakao ziehen? Merkt er denn nicht, dass ich zu ihm will? Tränen kommen mir hoch. Ich fasse es nicht, dass ich Papa nicht umarmen kann. Überhaupt, dass er vor mir sitzt und sich zugleich dermaßen weit weg anfühlt.

„Ärgere dich nicht", beruhigt mich Papa und ich bleibe bockig stehen. Ich kann nicht fassen, dass ich mich mit ihm unterhalte. Dass er vor mir sitzt. Er zu mir spricht ... Er ist da. So *richtig* da. Mein Papa. Das ist absurd! Ich meine, er ist ... wir haben ihn ... Oder ist mir etwas zugestoßen und er teilt mir gleich mit, dass mein Leben vorbei ist? Ich versuche eins und eins zusammenzuzählen, jedoch gelingt es mir nicht, eine plausible Erklärung dafür zu finden.

„Zerbrich dir nicht den Kopf und freu dich einfach, mich zu sehen. Und dass wir ein wenig Zeit miteinander verbringen", spricht Papa als könnte er meine Gedanken hören. Zufrieden lächelt er.

„Aber ... aber wie kann das sein?" In meinem Kopf geht es drunter und drüber.

„Muss es denn für alles eine Erklärung geben?", hinterfragt Papa, während ich mich an der Armlehne von einem der Stühle abstütze. Mit offenem Mund starre ich ihn an. Papa hingegen lächelt. So wie er mich immer angelächelt hat.

„Setz dich", fordert er mich auf und deutet mit seiner Hand auf den mittleren Stuhl, an dem ich mich bereits anhalte. Perplex tu ich, was er von mir verlangt, während er sich durch sein silbergraues Haar fährt, das plötzlich viel dichter wirkt, als ich es in Erinnerung habe. Die Sessel neben mir sind frei. Ob noch mehr Gäste erwartet werden?

„Kommen Mama und Eloise auch?", frage ich. Das würde passen, dass sich die gesamte Familie vereint. Wie fantastisch das wäre. Wir alle zu viert am Tisch. Mama, die verliebt Papas Hand hält und meine Schwester, die freudig in die Runde strahlt. Papas Verlust ist gar nicht lange her und dennoch fehlt mir diese besondere Familienzeit, die wir hatten.

„Diesmal nicht", antwortet er auf meine Frage und ich bin enttäuscht.

„Aber kommt noch jemand?", lass ich nicht locker.

Papa schmunzelt über meine Neugierde, die ich eindeutig von ihm habe. „Das wird sich bald zeigen."

Er spricht in Rätseln. Normalerweise hätte mich das auf die Palme gebracht, aber gerade bin ich bloß überglücklich, überhaupt mit ihm reden zu können. Seine Stimme zu hören und seine Mimik zu erkennen.

„Wenn du Tee willst, es gibt Kamillentee. Den trinkst du ja am liebsten." Er deutet auf die Teekanne. Ich überlege nicht lange und greife nach dem schweren Gefäß, das mit meinem Lieblingstee gefüllt ist und schenke mir eine Tasse voll. Meine Hand zittert ein bisschen. Es fühlt sich seltsam an, Papa gegenüber zu sitzen. Einfach, weil es schier unmöglich ist. Ich nehme die warme Tasse und lehne mich im Stuhl zurück. Mein Blick wandert umher und ich nehme die Umgebung intensiver wahr. Die hinreißenden Blumen, das viele Grün. Und Papa freilich, der ironischerweise wie das blühende Leben wirkt, als ob nie was passiert wäre.

„Wie kann es sein, dass du vor mir sitzt und ich mit dir sprechen kann?", will ich wissen und ich spüre, dass die Worte nur mühevoll über meine Lippen kommen. Mein Hals schnürt sich zu. Papa ist tot. Er lebt nicht mehr. Das ergibt keinen Sinn.

KAPITEL 5

„Es muss ja nicht immer alles Sinn ergeben. Komm, beruhige dich. Schön, dass wir uns ein wenig unterhalten können." Papa wirkt gefestigt und voller Energie. Kein Vergleich zu dem Anblick, wie er leblos auf der Couch lag, bevor ihn das Bestattungsunternehmen abholte und wie kalt er sich anfühlte, als ich noch einmal den Arm um ihn legte. Völlig erstarrt, dass er meine Berührung nicht erwiderte. Ich darf gar nicht erst dran denken. Das war der quälendste Moment überhaupt. Während ich die Erinnerung beiseiteschiebe, fällt mir auf, was ich vorhin nicht wahrgenommen habe: Neben Papa befinden sich haufenweise Bücher, die gestapelt aufeinander und nebeneinander liegen. Es dürften an die zwanzig sein und alle in einem anderen Einband. Richtige Wälzer. Auf einem davon steht eine kleine Sanduhr, gefüllt mit kleinen beigen Sandkügelchen. Ich beobachte, wie diese langsam durch die Lohblende von der oberen in die untere Glaskolbe fliesen, und bin in den Bann gezogen. Ich frage mich, was es damit auf sich hat.

„Die Sanduhr zeigt dir die Zeit, die wir haben. Und diese ist begrenzt. Das ist etwas, was wir alle gemeinsam haben: Wir haben gleich viel davon und entscheiden lediglich, wie wir sie nutzen", erläutert Papa. „Sei nicht zu sehr darauf fixiert. Es wird dadurch nicht mehr Zeit zur Verfügung stehen." Er zwinkert mich an.

„Und die Bücher?", will ich wissen. „Was hat es damit auf sich?"

„Die sind gefüllt mit meinen Notizen. Mit all meinen Fragen, die ich mir stelle, seit ich nicht mehr bei euch bin."

Ich nehme einen Schluck vom Tee, der mich hoffentlich ein wenig beruhigt. Was für Fragen er sich wohl gestellt hat.

„So einige … Ob ich euch oft genug gesagt habe, wie wichtig ihr mir seid. Was ich anders oder besser machen hätte können. Ob ich ein erfülltes Leben hatte oder ob ich etwas bereut habe, nicht getan zu haben", antwortet er ruhig. „Fragen, die einen beschäftigen, wenn man auf sein Leben zurückzuschaut." Er wirkt gelassen. Völlig ruhig. Und dabei spricht er von seinem Leben, das er nicht mehr hat.

„Papaaaaaa!!!", werden wir von einer lauten Kinderstimme unterbrochen. Ich blicke in die Richtung, aus der diese kommt, und sehe ein kleines Mädchen mit kecken Stirnfransen, bunter Radlerhose und pinken T-Shirt mit einem Dalmatiner abgebildet. Die Kleine hat eindeutig Mut, Farbe zu tragen. Überdreht überquert sie die Wiese. Ihre Haare total zerzaust. Sie wirkt wie ein kleiner Wirbelwind und strahlt von einem Ohr zum anderen. Ohne im Geringsten daran zu denken, ihr Tempo zu drosseln, stürmt sie auf Papa zu, um kurz vor ihm abzubremsen und ihn fest zu umarmen. Papa drückt sie herzlich an sich. Neidvoll schaue ich die Beiden an. Obwohl ich Papa nicht berühren kann und nicht an ihrer Stelle bin, wird mir warm ums Herz. Die zwei lassen sich los. Die Kleine setzt sich auf seinen Schoß und schaut mich neugierig an. Ihre Augen sind groß und unfassbar blau, dass man sich darin verlieren könnt. Sie grinst, zeigt mir dabei ihr breites Lächeln und ich sehe, dass sie eine Zahnlücke hat. Sie kommt mir bekannt vor. Nein, eigentlich mehr als das.

„Hallo", grüßt sie mich freundlich und überhaupt nicht schüchtern. Ich mustere sie und je genauer ich sie betrachte, desto mehr wird mein erstes Gefühl bestätigt. Das ist nicht irgendein Mädchen. Das bin *ich*. Sie ist die kleine Version von mir. Mein jüngeres Ich. Oh mein Gott! Wie kann das sein? Zuerst Papa und jetzt sie. Das ist doch verrückt! Ehe ich weiter an meinem Verstand zweifeln kann, fängt das Mädchen mit mir zum Plaudern an.

„Ich bin Ami", stellt sie sich höflich vor. Witzig. Diesen Spitznamen habe ich ewig nicht mehr gehört, geschweige ausgesprochen. Lediglich eine Freundin, die ich seit meiner Kindheit kenne, nennt mich so.

„Hallo Ami. Ich bin Amelie."

Okay, dann lass ich mich einfach mal auf das Ganze hier ein. Egal wie schräg das hier ist. Die Kleine reißt ihre Augen auf, wodurch diese noch größer werden als ohnehin schon.

„Ich bin auch eine Amelie! Aber Ami mag ich lieber", stellt sie gleich klar und macht eine selbstbewusste Handbewegung, die mich zum Schmunzeln bringt. Sie drückt Papa nochmals und rückt von ihm runter, nur um sich auf den Stuhl links neben mir zu hocken.

„Deine Augen sind schön", sagt sie und wirkt erstaunt. „Sie sehen aus wie meine!"

Ich schmunzle. „Ja, das tun sie. Sie sind genauso bezaubernd. Papa hat die gleiche Farbe." Als wäre ihr das nie aufgefallen, starrt sie Papa an.

„Ich mag auch deinen Dalmatiner auf deinem Leiberl", spreche ich weiter und schon ist sie wieder voll bei mir. Stolz zieht sie ihr

Shirt etwas von sich weg, um das Motiv besser erkennen zu können.

„Ich *liebe* Dalmatiner! Irgendwann werde ich 101 haben!", ist sie felsenfest überzeugt und grinst mich an. In dem Alter hatte ich ja noch keine Ahnung, was es bedeutet, überhaupt *einen* Hund zu haben. Damals war ich ein riesiger Fan von diesem Walt Disney Film und in Besitz von sämtlichen Merchandise-Artikel, die man sich bloß vorstellen kann. Das perfekte Werbeopfer.

„Ami, Amelie bist du in ein paar Jahren", erklärt Papa.

„Du meinst, so sehe ich aus, wenn ich alt bin?!", fragt sie verständnishalber nach und sieht nochmals genauer hin. Gott, die Kleine mustert mich.

„Was heißt hier *alt*? Ich bin doch erst neunundzwanzig", rechtfertige ich mich vor mir selbst. Jetzt öffnet sie sprachlos ihren Mund.

„NEUNUNDZWANZIG?!", wiederholt sie jede einzelne Silbe und wirkt regelrecht entgeistert. Dabei stützt sie ihren Kopf in ihre

Hände und verzieht ihr Gesicht. „Das ist schon sehr, *sehr* alt. Also ich bin sieben." Stolz hält sie sechs Finger in die Höhe und korrigiert sich im nächsten Augenblick und gibt noch einen hinzu. Tja, mit Zahlen konnte ich noch nie umgehen. „Papa, darf ich ein Stückchen von der Torte haben?", fragt sie als nächstes. Komisch, die Schokotorte ist mir vorhin gar nicht aufgefallen. Oder war sie vorhin einfach noch nicht da? Ami guckt Papa lieb an. Mein Alter scheint nicht mehr von Interesse. Papa sagt bestimmt gleich ja, denn der Augenaufschlag hat schon immer funktioniert. Entsprechend blickt er mich an und antwortet schmunzelnd: „Ja, doch nur wenn die Alte auch ein Stück haben darf." Mein junges Ich blickt zu mir.

„Na, gut", meint sie achselzuckend. Jedoch bemerke ich, wie sie die Augen überdreht. Das habe ich früher häufig gemacht. Lustig, mich nun aus einer anderen Perspektive zu sehen. Sie lehnt sich über den Tisch und gluckst sehnsüchtig zum Schokoladentraum. Papa schneidet ihr ein großzügiges Stück runter und gibt es ihr auf den Teller. Mir reicht er ebenfalls eines.

„Das heißt Schokotorte kann ich essen, aber dich umarmen kann ich nicht?", frage ich ungläubig nach.

„Wir haben die Regeln nicht gemacht", antwortet er monoton. Ami ist am Kuchen mampfen und ihr Gesicht ist schneller schokoladenverschmiert, als man Zuckerschock sagen kann. Süß sieht sie aus. Und zufrieden.

„Ihr habt schon angefangen!", höre ich eine ältere leicht vorwurfsvolle Stimme.

„Du weißt ja, wie Ami ist. Und dann wollt ich unseren Gast nicht warten lassen." Während mein Papa das sagt, drehe ich mich um. Eine ältere Dame, schätzungsweise Anfang siebzig, kommt auf uns zu. Ihre grausilbrigen Haare reichen ihr bis zu den Schultern. Sie trägt ein langes grünes Kleid und auffällige weiße Ohrringe. Es blitzen pinke Slippings hervor. Sehr stylisch unterwegs, die Frau.

„Danke, Liebes", meint sie locker. Anscheinend kann hier jeder meine Gedanken hören. Demzufolge nickt sie. „Ja, nur die kleine Ami checkt es noch nicht." Sie zwinkert mir zu und lässt sich auf den freien Stuhl neben mir plumpsen. Sie lächelt Papa an und bedient sich gleich selbst an der Torte. Während sie sich ein Stück nimmt und anschließend Tee einschenkt, betrachte ich sie. Mir fallen ihre Falten auf ihrer Stirn auf. Und ihre markanten Gesichtszüge. Das Alter ist ihr förmlich ins Gesicht geschrieben.

„Wenn du dir nicht ständig den Kopf zerbrechen würdest, dann hätte ich nicht so viele davon. Einfach mal machen, Liebes, einfach mal machen." Mhm, da hat sie nicht unrecht. „Ich bin nebenbei bemerkt die ältere Version von dir. Also sieh mich gut an, was für ein heißer Feger du geblieben bist", scherzt sie und lacht über ihren eigenen Witz.

„Du bist ich?" frage ich nach.

„Na, jetzt tu nicht so, als ob du die Ähnlichkeit nicht erkennen würdest." Sie klingt fast beleidigt.

„Nein, du hast recht. Ich kann sie sehen. Ich bin bloß baff, dass ich an einem Tisch mit meinem verstorbenen Papa, meinem jungen und meinem alten Ich sitze", teile ich meine Gedanken, die um einiges merkwürdiger klingen, nachdem ich sie laut ausgesprochen habe.

„Ach, Papperlapapp. Das hat nichts mit verrückt sein zu tun. Dein Unterbewusstsein wird sich dieses Szenario nicht umsonst ausgesucht haben", sucht die alte Version von mir nach einer Erklärung.

„Und es gibt Schokotorte!", ruft mein jüngeres Ich in die Runde und grinst, während sie kurz davor ist, den Teller abzuschlecken. Papa lacht.

„Freut mich, dass du da bist, Amelie", wiederholt Papa, woraufhin wir alle Drei „Danke" sagen (obwohl ich mir vollkommen sicher bin, dass er das zu mir gemeint hat). „Und nun verrate mir, was dir auf dem Herzen liegt. Ohne Grund wurdest du ja nicht hierhergeführt."

Ich nehme einen Bissen von meinem Tortenstück und bin überwältigt von diesem intensiven köstlich süßen Geschmack.

„Was hast du denn geglaubt? Dass du irgendeine nullachtfünfzehn Torte bekommst?", lacht Papa und nimmt sich ebenfalls eines. Und so sitzen wir zusammen und gönnen uns ein paar Kalorien, die – so surreal wie alles scheint – bestimmt nicht auf der Hüfte landen werden. Ich beobachte jeden Einzelnen von ihnen. Diese Konstellation ist abgefahren. Mich selbst als Kind und ältere Frau zu sehen – das hätte ich mir niemals ausgedacht. Vor allem Papa habe ich im Visier. Wie er dasitzt und genüsslich Torte isst. Ich weiß nicht, was mich hierhergeführt hat oder überhaupt, was das alles zu bedeuten hat. Aber ich weiß, dass ich mir jedes Detail davon einprägen muss, damit ich lange darauf zurückgreifen kann. Ich kann meinen Blick von Papa nicht abwenden. Ich habe unzählige Fragen, die in meinem Kopf schwirren.

„Nur zu", höre ich meinen Vater sagen, der aufblickt und mich ermutigt, alles loszuwerden, was mir auf dem Herzen liegt.

KAPITEL 6

„Ich will von dir wissen, ob du schon länger bemerkt hast, dass es dir nicht gut geht."

Meine erste Frage hat es bereits in sich. Ernst sieht er mich an. Seinem Blick weiche ich nicht aus. Ich will Antworten. Ich will, dass er mir dabei in die Augen sieht. Er reagiert nicht. Schaut mich lediglich an. Ich gebe mir einen Ruck, lasse nicht locker und stelle die Frage, die mich am meisten beschäftigt: „Hast du gemerkt, dass irgendetwas nicht mit dir stimmt?"

Etliche Male habe ich mir diese Frage gestellt. Jeden Tag, immer und immer wieder. Diese paar Worte drehten sich in meinen

Gedanken hilflos im Kreis, bloß um wieder an ihren Anfang zurückzukehren. Einerseits wollte ich nicht zum Spekulieren anfangen. Andererseits, jetzt ihm gegenübersitzend, kann ich nicht anders, als es anzusprechen. Ich fixiere ihn. Gespannt auf seine Antwort. Es dauert eine Weile. Gefühlt viel zu lange.

„Was macht das für einen Unterschied?"

Seine Gegenfrage lasse ich kurz sacken.

„Du hättest es verhindern können."

„Das weißt du nicht."

„Doch!", entgegne ich stur. Mein Tonfall ist streng und lauter als davor. Die Emotionen kommen in mir hoch. „Doch, hättest du!"

Papa wirkt verletzt. Er mag es nicht, wenn ich böse auf ihn bin. Und trotzdem kann ich nicht anders. Aus mir spricht die Wut. Die Verzweiflung. Die Frustration. Ein grauenhafter Gefühlscocktail. Dennoch, Papa erwidert nichts. *Kein* Wort.

„Findest du es nicht schade, dass du so viel verpasst?", bohre ich weiter, „Angefangen von meinem 30er, die Hochzeit von Eloise bis hin zum Kennenlernen deiner Enkelkinder?" Ich schaffe es nicht, mich zu beruhigen. Papa hingegen bleibt unverändert. Es dauert, bis er endlich mit seiner Antwort rausrückt: „Selbstverständlich."

„Oder all die Erlebnisse, die wir als Familie noch erleben wollten?"

„Jedes einzelne davon."

„Aber *warum* hast du uns dann verlassen?!" Ich schreie ihn an und haue mit der flachen Hand auf den Tisch, was vor allem mein junges Ich erschreckt. Meine Gefühle nehmen Überhand und ich kann mich nicht zügeln. Sauer fixiere ich meinen Vater und ignoriere, dass Ami sich mittlerweile hinter ihren Händen versteckt und zusammenzuckt.

„Ich habe es mir nicht ausgesucht, Amelie." Sein Tonfall klingt bestimmt. Wir sehen uns an. Schweigen. Ich atme tief durch. Es hat keinen Sinn, das Warum zu hinterfragen. Das ist mir bewusst. Und dennoch kann ich es nicht lassen. Ich will Antworten. Wieso kann er sie mir nicht geben?

„Glaubst du, ich hätte Hier geschrien und es mir selbst ausgesucht? Natürlich nicht!"

Seine Aussage lasse ich sacken. Er wäre niemals freiwillig gegangen, das stimmt. Dafür genoss er das Leben viel zu sehr. Dafür liebte er uns zu sehr.

„Warum musstest du sterben?" Eine Frage, die er nicht hören will. „Warum schon so früh?" Er reagiert nicht. „Verdammt noch mal, WARUM konnte uns niemand vorwarnen und uns auf unser Schicksal vorbereiten?!"

Nun entstehen all die sinnlosen Warums, die niemand beantworten kann und mir dennoch auf der Zunge brennen und ausgesprochen werden wollen. Tränen kullern über meine Wangen. Viel zu intensiv fühlt sich diese Wunde an.

„Ich konnte das selbst nicht vorhersehen", besänftigt mich Papa. Er fühlt sich so nahe an wie die letzten Tage nicht. Und gleichzeitig weiß ich, dass das alles hier nicht echt sein kann. Ich werde aus diesem Zusammentreffen nicht schlau. Vor allem, wenn erst niemand eine Antwort auf meine Fragen hat. Was ist das für eine beschissene Gartenparty, wenn mir keiner weiterhelfen kann?

„Selbstverständlich tut sie das", höre ich mein altes Ich sagen. Warmherzig sieht sie mich an. Ihre blauen Augen auf mich gerichtet. Sie strahlen etwas Positives aus, etwas Vertrautes. Ich versteh trotzdem bloß Bahnhof, was mich nicht unbedingt beruhigt. „Du gibst dir selbst deine Antworten."

„Was soll das bringen?", frage ich weiter. Aus dem Augenwinkel sehe ich mein junges Ich nun die Arme verschränken. Beharrlich starrt sie mein altes Ich an und meine Mundwinkel zucken, die Kleine dermaßen aufgewühlt zu sehen. Ich konnte wirklich grantig dreinschauen. Irgendwie auch süß. Kein Wunder, dass mich in solchen Situationen niemand ernst nahm.

„Es hilft dir, den Verlust von Papa zu akzeptieren. Du findest die Antworten, die dir helfen, damit umzugehen. Was auch immer dir hilft, wirst du in diesem Gespräch finden. Und sei es bloß eine kleine Erinnerung, was dich ausmacht und was im Leben wirklich zählt."

Papa lehnt sich in seinem Gartenstuhl zurück. Er wirkt plötzlich alt und fragil. Seine müden Gesichtszüge sind mir bis dato noch nicht aufgefallen. Zu sehr war ich auf das Aussehen von den anderen zwei konzentriert. Mich zerreißt es, Papa verloren zu haben. Ich will ihn zurück.

„Ich bin doch bei dir", antwortet er auf meinen Gedanken. Ehrlich klingen seine Worte. Gütig schaut er mich an.

„Das ist mir zu wenig", gestehe ich. „Ich will mit dir lachen. Ich will dich umarmen. Ich will, dass du präsent bist."

Wie gerne ich meinen Papa lachen hörte. Waren wir mal so richtig in Fahrt, kam eine Pointe nach der anderen. Bis sich der Bauch verkrampfte und die Tränen kullerten. Ach, was hatten wir für einen Spaß. Fürs Herumblödeln war er immer zu haben. Das fehlt mir.

„Ich will eine Lösung! Ich will endlich wissen, was ich tun kann, damit es mir besser geht und dieser Schmerz weggeht", dabei klopfe ich mir auf die Brust. „Ich will mich wieder spüren. Ich will wieder zu mir finden. Ich erkenne mich kaum wieder", schluchze ich und vergrabe verzweifelt mein Gesicht in meinen Handflächen. „Ich will meinen Daddy wiederhaben", weine ich und bin völlig aufgelöst.

„Die eine perfekte Lösung gibt es nicht", höre ich mein altes Ich und ich sehe widerwillig auf. Ehe ich was dazu sagen kann, fährt sie fort: „Verabschiede dich davon, dieses Problem lösen zu wollen. Das spielt sich nicht. Du muss einen Weg finden, um damit klarzukommen. Lass die Trauer zu. Setz dich mit deinem Kummer auseinander. Aber versuche nicht verzweifelt einen Weg zu finden, damit es dir besser geht. Nimm dir die Zeit, die du brauchst. Lass die Emotionen zu. Zeig dich verletzlich. Sei du selbst. Sei wer immer du in deiner Trauer sein möchtest." Ernst sieht sie mich an.

„Wie hast du dir das vorgestellt, Papa? Uns einfach so zurückzulassen?" Ich bin sauer. Sauer darauf, dass uns Papa aus dem Leben gerissen wurde. „Wie soll ich ohne dich zurechtkommen?"

„Du trägst alles in dir. Du brauchst mich nicht."

„Freilich! Und Mama ebenso! Und Eloise!"

„Schenk Mama mehr Vertrauen. Sie ist stärker als du meinst. Und deine Schwester genauso. Drei starke Frauen, die ich in meinem Leben begleiten durfte."

„Ich will nicht, dass du nicht mehr bei uns bist."

„Ich bin doch bei euch. Ihr tragt mich in euren Herzen. Mein Körper war bloß eine überdurchschnittlich attraktive Verpackung, um meine bescheidene Seele durchs Leben zu tragen." Er zwinkert mir zu und bringt mich mit seiner Aussage zum Schmunzeln. Allmählich beruhige ich mich. Immerhin, seinen Humor hat er nicht verloren. „Und du deinen ebenso nicht", antwortet er auf meinen Gedanken. Ich wische mir meine Tränen weg und greife nach einem Taschentuch, das mir mein altes Ich herlegt.

„Schön, dass du dein Strahlen nicht verloren hast. Deine positive Art hat dich von jeher ausgemacht."

Papas Kompliment geht mir nahe. Dennoch fühle ich seit seinem Tod nichts mehr davon.

All die Energie, die Lebensfreude sind wie weggeblassen. Ich tu mir schwer, die zu sein, die ich bin. Die Trauer begleitet mich jeden Tag. Sie geht nicht weg. Ich habe mich noch nie in meinem Leben so hilflos gefühlt.

„Hat sie dir gefallen, die Verabschiedung?", frage ich weiter und schnäuze mich. Denn wie vorhin die Torte befinden sich nun Taschentücher auf dem Tisch.

„Natürlich. Vor allem das Lied ‚Live is Life' zum Schluss. Damit habt ihr den ganzen Friedhof aufgeweckt."

Ich grinse. Das hat Eloise ebenfalls gesagt. Aber das weiß er bestimmt.

„Ihr hättet mich nicht herzlicher verabschieden können. Auch die Kremierung. Ihr wart bis zum Schluss bei mir. Dafür bin ich euch dankbar. So viel Liebe ist nicht selbstverständlich."

Gefühlvoll sind seine Worte und es berührt mich, dass er sich dafür bedankt. Obwohl es wichtig war, Papa bis zum letzten menschlichen Dasein beizustehen, darf ich nicht an den Raum mit den Öfen denken. An den schwarzen Ruß an der Wand bei dem einen Ofen. Oder an den Sarg mit Papa vor dem anderen. Unglaublich, welche Details man sich in solch einem Augenblick einprägt. Wie der Besuch beim Bestatter. Absurd fühlten sich diese Stunden an. Als würde man sich Möbel für die neue Wohnung aussuchen und nicht einen Sarg, das Innenfutter und vielleicht noch ein Kreuz. Dasselbe Prozedere beim Patenzettel, welches Papier, Motiv und welcher Spruch es sein soll. Dann die Blumen für die Beisetzung. Eine Checkliste, die keiner von uns abarbeiten wollte.

Ich wirke abwesend. Papa merkt das. „Ich weiß, wie schwer es dir fiel", höre ich ihn sagen. Mitfühlend sieht er mich an. Eine weitere Träne rollt über meine Wange. Eine von vielen.

„Danke dafür", höre ich ihn sagen.

„Ich würde es wieder machen", bringe ich heraus und spüre den dicken Klos im Hals, der mich die ganze Zeit über begleitet. Ich hasse es. Dieses Gefühl. Diese Trauer.

„Ach, Papa, jetzt gib dem armen Ding mal eine Pause", mischt sich die alte Version von mir ein. Ich finde es lustig, dass mein älteres Ich mich als armes Ding bezeichnet.

Es gibt noch allerhand Dinge, die ich ihn gerne fragen würde. So vieles, was mir durch den Kopf schwirrt.

„Nur zu", fordert mich Papa auf und blickt mich an. Ich gebe mir einen Ruck, habe dabei meine Augen auf ihn gerichtet und stelle eine Frage nach der anderen.

„Gibt es etwas, das du bereut hast?"

„Nein, denn jede Entscheidung, die ich getroffen habe, hat mich zu dem Menschen gemacht, der ich geworden bin. Das gilt auch für Fehler und Herausforderungen, Begegnungen ... All das hat mich geprägt."

„Was ist Liebe?", frage ich weiter, ohne auf seine vorherige Antwort einzugehen.

„Liebe ist das, was wir als Familie hatten."

„Was ist die toxischste Eigenschaft, die ein Mensch haben kann?"

„Neid. Neid ist Gift. Je weniger du davon in dir trägst, desto besser."

„Wie soll ich damit umgehen, dass du nicht mehr in unserem Leben bist? Ich bin nicht stark genug, um mit dem Ganzen klarzukommen."

„Doch, das bist du! Und du kannst es auch beim Namen nennen. Du kannst ruhig sagen, dass es sich hier um meinen Tod handelt."

„Das schaffe ich nicht. Das will ich nicht."

„Was hält dich davon ab?"

„Zu wissen, dass es dann Wirklichkeit ist. Dann gibt es kein Zurück."

Papa seufzt. „Der Tod gehört zum Leben dazu."

KAPITEL 7

Papa hat es auf den Punkt gebracht. Der Tod gehört zum Leben. Etwas, das keiner umgehen kann. Jeden wird es treffen. Früher oder später. Keiner weiß wann. Keiner weiß wie. Allein dran zu denken, verpasst mir eine Gänsehaut. Kein Wunder, dass man diese Ungewissheit im Alltag ignoriert. Wer beschäftigt sich schon gerne damit? Den Tod anzunehmen, finde ich hart. Und keine Angst davor zu haben ebenfalls. In meinen Gedanken gefangen, bekomme ich gar nicht mit, dass mein junges Ich mittlerweile mit Zeichnen angefangen hat. Die Torte von vorhin scheint vergessen. Sie ist in ihre Zeichnung vertieft. Zig

Stifte sind auf dem Tisch verstreut. Blau, grün, gelb, rosa, lila – an der Farbauswahl mangelt es nicht. Sie wirkt konzentriert und zieht dabei die Augenbrauen zusammen. Zwischendurch streckt sie unbewusst ihre Zunge raus. Ich höre den Stift auf ihrem Papier, wie sie diesen energisch in alle Ecken bewegt, lediglich um kurz darauf eine andere Farbe zu wählen und dieselbe Bewegung zu wiederholen. Sie scheint genau zu wissen, was sie tut. Oder sie tut nur als ob.

„Was malst du da?", will ich wissen und mein altes Ich wirkt genauso neugierig und hebt interessiert den Kopf. Ohne den Blick von ihrer Zeichnung abzuwenden, antwortet sie: „Engelchen flieg."

Aha. Ich verstehe nicht komplett, was sie meint und bitte sie, ihre Gedanken dazu mit mir zu teilen, sobald sie fertig ist.

„Sie zeichnet gerne und oft", wirft mein altes Ich ein. Anscheinend hängen die drei öfters ab. Ich merke, wie sehr ich mit mir hadere, dieses Szenario einfach anzunehmen und nicht zu hinterfragen, denn rein rational gesehen, ist das absurd.

„Ich weiß, dass ich als Kind gerne gezeichnet habe, wenn nicht besonders gut, aber in meinem Alltag würde ich nie auf die Idee kommen, nach Stiften zu greifen, um irgendwas auf Papier zu bringen", sage ich.

„Was heißt hier nicht besonders gut? Wir haben all deine Bilder aufgehängt", wirft Papa vorwurfsvoll ein.

„Na ja, was wärt ihr für Eltern gewesen, wenn nicht", scherze ich und Papa lacht. „Ich kann mich nicht mal daran erinnern, wann ich das letzte Mal einen Buntstift in der Hand hatte."

„Das kommt schon noch. Spätestens wenn du checkst, dass es nicht immer darum geht, etwas ausgesprochen gut zu machen oder damit erfolgreich sein zu müssen. Oft geht es lediglich darum, etwas zu tun, was einen glücklich macht. Es geht um den Prozess selbst, also gänzlich darin aufzugehen und nicht um das Resultat und was die Leute darüber denken werden", spricht mein altes Ich weiter, während sie einen kleinen Filzkorb mit lauter bemalten Steinen auf den Tisch legt. Keine Ahnung, wo sie den plötzlich herhat. Das hier ist alles so skurril.

Mein altes Ich wählt einen Stein aus und zeigt ihn mir: „Meinst du, mich interessiert, ob das jemanden gefällt? Tzz … Die Zeiten sind vorbei! Aber es macht mir solch eine Freude und das ist was zählt." Sie schnappt sich einen Filzstift, setzt sich ihre Brille auf und fängt an, einen neuen Stein zu bemalen. Ich komme mir vor wie in einem Kreativworkshop und beobachte, wie sie die Details liebevoll auf das kleine Steinchen bringt. Dabei hat sie den gleichen Gesichtsausdruck wie Ami, bloß dass sie ruhiger wirkt. Diese Seite an mir ist mir neu. Aber gut zu wissen, dass sogar ich mal zur Ruhe finde. Ihre Mundwinkel zucken. Sie dürfte sich über mich, also eigentlich über sich selbst, amüsieren.

„Hier sind ein paar. Wenn du einen haben möchtest, nur zu. Aber nehmen musst du schon selbst einen." Sie klingt gutmütig und dominant zugleich. Da kommt mein Kern wieder zum Vorschein. Sie hält mir den Korb entgegen, doch ehe ich die kleinen bunten Steinchen genauer anschauen kann, zieht sie den Korb zurück. Ich bin verdutzt.

„Du musst dir nicht alle anschauen. Zieh einfach einen Stein. Ganz intuitiv. Er wird der richtige für dich sein."

Ihre Logik kann ich nicht nachvollziehen, wobei Logik aktuell ohnehin keine Rolle spielt. Abgesehen davon will ich mich mit mir selbst auf keine Diskussion einlassen. Deswegen tu ich, was sie von mir verlangt und greife brav in den Korb, um mir einen beliebigen Stein rauszufischen. Aus dem Augenwinkel erspähe ich, wie sie gespannt über ihren Gläserrand blickt. Das dürfte sie jetzt wohl interessieren, was ich mir hier ausgesucht habe.

„Geschmackvoll sieht er aus. Mir gefällt das Motiv", meine ich ehrlich und fahre vorsichtig mit meinen Fingern über die raue graue Oberfläche, die mit weißen Pusteblumen verziert ist. Ich mag Pusteblumen. Die haben etwas Positives. Mir gefällt es, wie die Blume sich zerstreut, wenn man sie pustet, während man sich gleichzeitig etwas wünscht. Ich wende und drehe den Stein in meiner Hand, präge mir jedes Detail ein. Die Blume sieht stilvoll aus. Auf der Rückseite steht das Wort: *loslassen* mit einem kleinen Herz als Punkt geschrieben. Das mit den Herzen mochte ich schon immer, egal ob als i-Punkt oder zum Satzende. Bringt einen persönlichen Touch, wie ich gerne sage. Ich lasse das Wort auf mich wirken. Es bewegt mich. Loslassen. Ja, das passt zu meiner Situation.

„Das ist nicht bloß auf Daddy bezogen", ergänzt mein altes Ich und sieht mich bestärkend an.

Ich verstehe nicht, was es damit auf sich hat.

„Wie meinst du das?"

„Trenne dich von dem, was dir nicht dient." Aha. Wie aussagekräftig. Mein altes Ich ist anscheinend nicht nur geduldiger als ich, sondern spricht zudem in Rätseln. Jetzt erkenne ich einen genervten Gesichtsausdruck. Oder dreht sie etwa die Augen über? Scheinbar habe ich mich doch nicht arg verändert.

„Ich meine *alles* in deinem Leben! Beziehungen, blöde Gewohnheiten, deinen Ballast, deine Arbeit."

Witzig, dass sie diese Punkte anspricht. Da ist tatsächlich einiges dabei, was mich schon länger beschäftigt und nicht erfüllt.

„Trenne dich von deinem Drang, es immer alles recht machen zu müssen oder von deinen Selbstzweifeln. Lass diese Eigenschaften los und du wirst leichter durchs Leben gehen. Und trau dich *endlich*, eine Veränderung zuzulassen! Wie lange willst du dich noch verstecken? Du fühlst doch innerlich bereits, dass mehr in dir steckt und du selbst viel mehr bewirken kannst. Aber nein, du bist unzufrieden und trotzdem schaffst du es nicht, einen anderen Weg einzuschlagen. Sei mutiger, Amelie! Scheiß drauf, was die anderen davon halten. Es ist *dein* Leben."

Sie klingt streng und mitfühlend zugleich. Und ich muss schmunzeln, dass sie *scheiß drauf* gesagt hat. Ihre Worte gehen nicht spurlos an mir vorbei. Ich weiß, dass sie recht hat. Ich habe andere Vorstellungen von meinem Leben, traue mich aber nicht, meinen Weg zu gehen. Sie bringt es auf den Punkt: Mir fehlt der Mut.

„Doch dazu gibt es keinen Grund", spricht sie weiter und sieht mich ermutigend an. „Wichtig ist, dass es *dich* glücklich macht. Sobald du eine Entscheidung getroffen hast und du dem Leben endlich Vertrauen schenkst, wird sich alles fügen. Es werden sich die richtigen Gespräche ergeben, du ziehst die richtigen Menschen in dein Leben und du musst dir keine Sorgen machen, weil alles zu dir kommt." Sie ist voller Elan und ich verstehe, was sie mir sagen will. Wenn ich bloß wüsste, wie ich den ersten Schritt setzen könnte.

„Wie wäre es damit, endlich mal auf dein Bauchgefühl zu hören? Alle Antworten sind bereits in dir und wenn du mal genauer hinhören würdest, würdest du wissen, was du willst und was zu tun ist. Du bist bloß zu feige, aus deiner Komfortzone auszubrechen. Allerdings verlierst du Lebenszeit, wenn du so weitermachst und irgendwann stellst du dir die

Frage, warum du nicht den Mumm dazu hattest, etwas zu verändern."

Mein altes Ich wirkt ein wenig vorwurfsvoll. Als hätte sie den Fehler bereits gemacht. Oder besser gesagt: Als hätte *ich* den Fehler bereits gemacht. Sie meint es bloß gut mit mir, doch meine direkte Art selbst zu spüren zu bekommen, wirft mich kurz aus der Bahn. Sie hält mir den Spiegel vors Gesicht. Und ich kann nicht wegschauen. Sie holt tief Luft und lächelt mich an: „Liebes, sei furchtlos und stell dich immer an erster Stelle. Und geh den Weg, den *du* gehen willst, nebensächlich wie sehr er von deinen ursprünglichen Plänen abweicht."

Ich erwidere ihr Lächeln und blicke zu Papa, der mir zunickt. „Weißt du noch, als wir gemeinsam Wandern waren als du und Eloise noch Kinder wart?", beteiligt sich Papa am Gespräch.

„Wie kann ich das vergessen? Wir waren gefühlt jedes Wochenende im Herbst auf dem Berg", erinnere ich ihn.

„Aber weißt du auch, dass es gar nicht so einfach war, dich dazu zu bringen, überhaupt mitzukommen? Jedes Mal aufs Neue hast du dich gesträubt."

Ich weiß, dass ich öfters trotzig war und lieber mit meinen Puppen gespielt hätte, als meine Wanderschuhe anzuziehen.

„Witzig, weil du von jeher sehr aktiv und ständig in Bewegung warst. Ein richtiges Energiebündel Aber beim Berggehen hast du dich anfangs immer geweigert", erzählt Papa weiter.

„Ja, weil aufwärts gehen anstrengend ist", erkläre ich meinen früheren Widerstand.

„Einmal warst du richtig grantig, weil du mitgehen musstest. Du hast nicht mal mehr über meine tollen Witze gelacht. Wir waren mittendrin in unserem Wanderabenteuer und du konntest es einfach nicht genießen. Und als ich merkte, dass die Stimmung immer weiter gekippt ist, sind wir zwei stehen geblieben. Mama und Eloise sind vorausgegangen und wir haben uns auf einen Baumstumpf gesetzt, was getrunken und dann habe ich dich gefragt, was wirklich los ist. Ob es am Berg liegt, an der frischen Luft oder an etwas anderem. Du hast mich angesehen, geweint und gemeint, dass der Berg doof ist. Er ist steil, du bist langsam und kannst kaum mit uns Schritt halten. Dann habe ich dich angesehen und dir gesagt, dass du solch eine tapfere kleine Kämpferin bist, weil du nichtsdestotrotz jedes Mal durchgehalten hast. Bis ganz nach oben. Und immerzu hast du gelächelt, als du die Bergkulisse vor dir gesehen hast. Jedes Mal habe ich dir dann gesagt, wie stolz ich auf dich bin, dass du dich dazu überwunden hast."

Papa diese Geschichte erzählen zu hören, berührt mich und meine Augen füllen sich erneut mit Tränen. „Richtig. Das hast du. Und ich wurde mit einer traumhaften Aussicht und einer guten Jause belohnt. Der Weg zurück war dann halb so schlimm", teile ich meine Erinnerung.

„Genau. Aber auch das Raufgehen! Wir waren keine Monstereltern, die euch den steilsten Berg hochgejagt haben. Trotzdem, du hast dich derart darauf versteift, dich innerlich blockiert, obwohl du mit einer Leichtigkeit hochgekommen bist. Was ich dir damit sagen will: Es ist wichtig, zu hinterfragen, was einen buchstäblich aufhält und ob es nicht nur Glaubenssätze sind, die einem im Weg stehen. Und dass man manchmal einfach durchbeißen muss, um am Ende belohnt zu werden."

„Und was, wenn ich trotzdem scheitere und nicht mal bis zum Ende komme?", frage ich verunsichert.

„Dann gilt es zu hinterfragen, ob nicht ein anderer und besserer Weg auf dich wartet, der mehr zu dir passt und was du trotz allem daraus für dich mitnehmen kannst. Sei immer dankbar für die Erfahrungen, egal ob mal was nicht so läuft wie erhofft."

Ich lächle Papa dankbar an und freue mich, dass er diese Erinnerung mit mir geteilt hat und was er mir damit vermitteln will. Ehe ich noch etwas erwidern kann, unterbricht uns Ami und ruft laut „Fertig!" in die Runde. Stolz hält sie ihre Zeichnung in die Höhe. Sieht gar nicht mal *so* schlecht aus.

„Das ist Mama, Papa und das bin ich", erklärt sie stolz und deutet auf die Figuren, die sie in unterschiedlichen Farben gezeichnet hat.

Links Mama, rechts Papa und Klein-Amelie in der Mitte. Jetzt verstehe ich, was sie mit Engelchen flieg gemeint hatte. Auf der Zeichnung ist zu sehen, wie ich die Hand von Mama und Papa halte und in der Mitte ein wenig über dem Boden schwebe. Als ich die Zeichnung näher betrachte, fällt mir etwas auf. „Wieso hält Papa deine Hand nicht richtig? Sieht aus, als wäre da eine winzige Lücke zwischen euren Händen. Bei Mama ist das nicht so", will ich wissen.

Sie zuckt mit den Schultern und fährt sich mit ihrer Handfläche nonchalant durch ihre Stirnfransen.

„Mama ist ja da", antwortet sie als wäre es das Offensichtlichste auf der Welt.

„Es sieht eher danach aus, als würde er dich loslassen", kommentiere ich.

„Ich lass dich nicht los", antwortet er und klingt leicht beleidigt, ehe mein junges Ich den Mund aufmachen kann. Die nickt nur zustimmend als wäre das selbstverständlich. Klar, dass sie auf Papas Seite ist.

„Ach, und nachdem du mich nicht loslässt, spazieren wir einfach zu dritt weiter?", spreche ich weiter, wobei mein Tonfall schärfer klingt als gewollt.

„Du hast die Kraft, um allein weiterzugehen", antwortet Papa. Ich presse meine Lippen aneinander. Ich fühl mich im Stich gelassen, seit er von uns gegangen ist. „Und trotzdem werde ich jeden Schritt begleiten. Immer und mit wachsamen Augen." Etwas Schöneres hätte Papa nicht sagen können.

„Du siehst betrübt aus", erkennt mein junges Ich. Sehr aufmerksam, wobei ich überrascht bin, dass sie das Wort überhaupt kennt.

„Weil es mich traurig macht, dass ich ohne Papa weitergehen muss und gleichzeitig ist es rührend, dass er sagt, dass ich es allein schaffe", erkläre ich.

„Eigentlich meint er das ja zu mir, schließlich ist das *meine* Zeichnung."

Gott, ich war so frech.

„Aber das mit dem Begleiten verstehe ich nicht. Kannst du es mir erklären?" Sie wirkt ungeduldig und sieht mich fragend an.

„Papa meint damit, dass egal was ist, er stets bei uns sein wird. Und zwar hier drin, in unserem Herzen", ich deute auf meine Brust.

„Aber wie kann er bei *dir* und bei mir gleichzeitig sein?", mein junges Ich wird misstrauisch und zieht die Augenbrauen hoch.

„Es ist genug Papa für alle da", verspreche ich ihr und schmunzle, weil sie nicht lockerlässt und mir nochmals charmant mitteilen will, dass Papa nur ihr gehört. „Seine Liebe ist so groß, dass sie für alle reicht", so ganz happy sieht sie noch nicht drein, „besonders für dich." Ich stupse ihre Nase an und nun strahlt sie übers Gesicht.

„Das weiß ich natürlich. Papa ist der Beste."

Ja, das ist er.

KAPITEL 8

Ami springt plötzlich hoch, lässt alles stehen und liegen und rennt die Wiese auf und ab. Ich beobachte, wie sie herumtollt. Wild turnt die Kleine in der Gegend herum. Furchtlos schlägt sie ein Rad nach dem anderen. Als wäre sie gerade dabei, die Welt zu erobern. Einerseits bewundere ich sie für ihren Mut. Andererseits stelle ich mir die Frage, ob ich schon immer so anstrengend war. Ich meine, vorhin hat sie noch gemalt und plötzlich ist sie kaum zu bremsen. Unglaublich wie viel Energie sie hat! Papa schmunzelt. Okay, die Frage kann ich mir sparen.

„Du hast auf jeden Fall für viel Wirbel gesorgt", kann er sich dann doch nicht verkneifen. Seine Aufmerksamkeit wandert erneut zu seinem Buch, das für eine Weile auf seinem Schoß lag, als würde er einen Schatz hüten. Er schlägt es auf, doch zum Lesen kommt er nicht, denn ich bin viel zu neugierig.

„Papa, was liest du da?"

Demnach hält er seinen Wälzer in die Höhe und zeigt es mir so, dass ich das Cover erkennen kann. Ein imposantes Segelschiff aus Holz ist darauf abgebildet, das würdevoll übers Wasser schwimmt. Das passt zu Papa. Er war schon immer vom Schiffsbau fasziniert und hatte in seinem Büro kleine Modellschiffe auf einem Regal stehen. Gleich neben einem Ritter, der in seiner Rüstung selbstsicher auf seinem Pferd sitzt sowie einer kleinen Modellburg. Er erfand gerne Geschichten dazu und als Kind verlor ich mich in diese Abenteuer. Bis zum Schluss hatte er eine blühende Fantasie und er mochte es, diese in seine Erzählungen zu verpacken oder selbst in Büchern oder Comics zu versinken. Die

Figuren befinden sich nach wie vor an dieser Stelle und ich bezweifle, dass sie jemals diesen Platz verlassen werden.

Ich schaue mir das Motiv genauer an. Die Segel wirken kraftvoll und aufgeblasen vom Wind. Der Hintergrund ist hell und in einem leichten Gelbton gehalten. Als würde das Schiff in den Sonnenuntergang segeln. Das Cover strahlt Ruhe und Zuversicht aus, aber gleichzeitig als wäre es in einer Art Aufbruchsstimmung. Erst jetzt nehme ich den Titel wahr: *Schiff der Hoffnung*. Wie passend.

„Um was geht es in diesem Buch?", will ich wissen.

„Um einen heftigen Sturm und wie sich danach wieder alles beruhigt und aufwärts geht. Darum, dass nach einem Tief immer ein Hoch kommt."

Er hält das Buch fest in seinen Händen und betrachtet es von allen Seiten. Ohne aufzusehen, spricht er langsam weiter: „Manchmal ... manchmal muss man Dinge oder Personen auf eine Reise schicken, um

Frieden zu finden ... und Platz für Neues zu schaffen."

„Wie meinst du das?"

Nun blickt er auf. „Du kannst nicht ewig trauern, Amelie. Irgendwann geht es darum, zu akzeptieren und loszulassen. Das Leben geht weiter. Und wir alle müssen gehen." Er klingt bestimmt und sieht mich dementsprechend an. Als wäre ich wieder das kleine Mädchen, das Papa um Rat gefragt hätte.

„Du bist viel zu früh gegangen", lautet meine Antwort darauf. Dabei klingt meine Stimme zittrig und wieder sind sie da die Tränen, die natürlich auch meinen Papa nicht entgehen.

„Seit wann kannst du auf Knopfdruck weinen?", ist Papa überrascht und bringt mich mit seiner Frage aus dem Konzept. Verdutzt sehe ich ihn an. „Auf Knopfdruck lachen gefällt mir besser", erklärt er sich und lächelt mich an. Sein einfühlsamer Blick bringt mich dazu, sein Lächeln zu erwidern.

„Da hast du allerdings recht", bestätige ich und wische mir die Tränen weg. Papa legt das Buch wieder auf seinen Schoß. „Wovor hat du

Angst?" Offensichtlich ist er nun derjenige, der die Fragen stellt.

„Ich will dich nicht gehen lassen. Ich will nicht mit dir abschließen und einfach so tun, als ob nichts gewesen wäre."

„Du schließt nicht mit mir ab. Du lässt mich in Liebe ziehen."

In Liebe ziehen. Das klingt schön und seine Aussage schenkt mir Zuversicht. „Dafür steht das Schiff. Der Glaube daran, dass die Sonne nach einem fürchterlichen Gewitter hinter den Wolken hervorblitzt und dir wieder ein Lächeln ins Gesicht zaubert. Wohlwissend, dass ich weiterhin Teil deines Lebens bin. Und das ist ja ein positiver Gedanke oder meinst du nicht?"

„Finde ich auch", stimmt mein altes Ich ein. Ich war so auf Papa konzentriert, dass ich sie gar nicht mehr registriert habe. Außerdem ist sie noch mit ihren Steinchen beschäftigt.

„Ich verstehe, dass es schwierig ist, Situationen anzunehmen, vor allem wenn es ein tragischer Schicksalsschlag ist, wie der Verlust eines geliebten Menschen. Aber was ich in all den Jahren gelernt habe, man kann nicht alles kontrollieren oder beeinflussen. Dinge passieren. Was mir geholfen hat, war in die Dankbarkeit zu gehen und mir vorzustellen, dass in unserem Fall Papa vor etwas viel Schlimmeren beschützt worden ist." Mir fällt es schwer, die Worte von meinem alten Ich anzunehmen.

„Auch wenn ich gerne bei euch geblieben wäre, ich hatte einen Tod wie ihn sich viele wünschen: Ich bin auf meinem Lieblingsplatz eingeschlafen. Ich hatte keine Schmerzen und die Gewissheit, dass ich ein wunderbares Leben hatte. Ich weiß, was es heißt, geliebt zu werden. Und diese Liebe konnte ich an euch weitergeben. Das ist unglaublich viel wert und das kann uns niemand nehmen", spricht Papa weiter.

Ami stürmt auf Papa zu und umarmt ihn fest. Unbewusst lege ich meine rechte Hand auf meine Brust und spüre meinen Herzschlag. Mein altes Ich steht auf und geht zu Papa, um ihn ebenfalls zu umarmen. So sehe ich Daddy und meine zwei Ichs, die ihm so nahe sind, wie ich es selbst gerne wäre. Für einen Atemzug schließe ich die Augen und fühle mich mit ihnen verbunden.

„Amelie, es wird langsam Zeit", höre ich Papa sagen und ich öffne meine Augen. Mein junges und altes Ich lassen Papa los. Mein Vater deutet auf die Sanduhr, die ich gar nicht mehr am Schirm hatte und ich erkenne, dass es nicht mehr viel braucht, bis der Sand endgültig nach unten gewandert ist.

„Aber ... aber ich will noch nicht gehen", klinge ich betrübt. „Ich will mich nicht verabschieden." Nicht schon wieder ...

„Es ist kein Abschied", verspricht Papa.

„War toll, mich mal wieder jung zu sehen. Genieß das Leben, Süße", sagt mein altes Ich und lächelt mich liebevoll an.

„Was heißt hier jung?", versteht Ami ihre Anspielung nicht. Mein altes Ich nimmt die Hand von meiner jüngeren Version und macht sich auf den Weg. Mir geht das viel zu schnell. Bevor ich die Chance verpasse, richte ich mich ein letztes Mal an mein altes Ich: „Willst du mir noch verraten, was mich die nächsten Jahre erwartet?"

Daraufhin lacht sie auf, bleibt stehen und dreht sich um. „Ich dachte du fragst nie! Vieles, meine Liebe, vieles."

„Und das heißt was genau?", bohre ich nach. Und erneut höre ich mich selbst lachen.

„Dein Leben ist bunt gemischt: von schönen bis traurige Erlebnisse ist alles dabei. Das ist der Fluss des Lebens."

„Okay. Viel aus dem Nähkästchen plaudern willst du anscheinend nicht. Aber hast du zumindest einen Rat für mich?"

Hoffnungsvoll sehe ich sie an, als wäre sie mein persönliches Orakel. Wie die berühmte Krake Paul von der Fußball WM 2010. Sie hört meine Gedanken und schmunzelt.

„Puh, nicht nur einen."

„Sag!", fordere ich sie auf und bin gespannt.

„Sei dir selbst deine beste Freundin. Vergleiche dich nicht mit anderen und sei nicht so streng mit dir."

Ich erwidere ihr Lächeln, ehe sie sich umdreht und mit meinem jungen Ich davonspaziert.

Papa erhebt sich währenddessen vom Stuhl.

„Komm, Amelie. Ich begleite dich."

„Begleiten? Wohin?" Ich tu mir schwer, ihm zu folgen. All das scheint mir zu verwirrend. Papa wirkt gelassen. „Nach Hause."

KAPITEL 9

Während Papa und ich nebeneinander gehen, fällt mir auf, wie sich die Umgebung verändert. Ich kann es nicht in Worte fassen. Es fühlt sich an, als wäre ich in einem Theater, bei dem sich ständig die Kulisse anpasst, um dem Stück die nötige Stimmung zu verleihen. Das Gras verwandelt sich zu einem sandigen Weg und die vielen Sträucher und Blumen in einen großen See – prächtig türkis, das man sich gar nicht sattsehen kann. Die Sonne spiegelt sich auf der Wasseroberfläche, was es ein wenig zum Schimmern bringt. Ein paar Enten, lassen sich vergnügt auf dem Wasser treiben. Der Weg, auf dem wir uns befinden, wird immer breiter und wie aus dem Nichts erscheinen auf der rechten Seite ein paar schwarze Laternen. Fasziniert, wie sich alles verändert, weiß ich gar nicht, wo ich zuerst hinschauen soll. Je mehr sich alles formt, desto vertrauter wird mir dieser Ort. Langsam weiß ich auch weshalb. Er erinnert mich an die Promenade in Pörtschach am Wörthersee. Das war der letzte gemeinsame Spaziergang mit Mama und Papa, als ich sie in Kärnten besuchte. Generell sind wir hier öfters für eine kleine Auszeit hergefahren. Kein Wunder, dieses Fleckchen ist dermaßen harmonisch, dass man sich nur wohlfühlen kann. Hier kann man die Seele baumeln lassen und die Gegenwart genießen, ohne sich vom sonstigen hektischen Treiben ablenken zu lassen. Papa sagt die ganze Zeit über kein Wort. Muss er auch nicht. Ich schätze einfach seine Anwesenheit. Wir spazieren weiter die Promenade entlang, bis wir den See hinter uns lassen und erneut von der paradiesischen Natur umgeben sind, die uns vorhin permanent umgab.

Nach einer Weile gelangen wir zu einem großen Baum, der mitten auf einer Wiese steht. Die Baumart kommt mir mittlerweile bekannt vor. Es ist ein Amberbaum, genau wie der, den wir für Papas Grab ausgesucht haben. Bloß, dass dieser hier bereits viel größer und stärker ist. Seine grünen Blätter zeigen in alle Richtungen. Die dicken Äste wirken robust und alles andere als zerbrechlich. Die Wurzeln sind tief in den Boden verankert. Die Baumkrone wirkt stolz, beinahe anmutig. Von der Ausstrahlung beeindruckt, merke ich auf Anhieb nicht, dass vor dem Baum eine braune alte Kiste liegt. Sie scheint verschlossen. Papa kramt in seiner Hosentasche und zieht einen Schlüssel hervor. Wortlos bückt er sich und sperrt die Kiste auf. Neugierig blicke ich über seine Schulter und bin überwältigt, was in dieser Kiste verborgen ist: Murmeln, Fotos, Playmobilfiguren, Christbaumschmuck und eine alte Schneekugel. Eine richtige Krimskrams-Kiste und jedes dieser Dinge stellt eine Verbindung zu Papa her. Ich weiß noch, als er mir als Kind Murmeln geschenkt und mir gezeigt hat, wie man mit ihnen spielt, weil er sie selbst als Junge gesammelt hat. Ich erinnere mich daran, wie sorgfältig er mein Playmobilhaus zusammenbaute, mit all den herzigen Details und wie sehr ich es liebte, mit diesen Figuren zu spielen. Auf den vielen Fotos sind wir als Familie zu sehen. Auf einem bin ich als Space Girl verkleidet. Selbstbewusste strecke ich dabei meine Hände in die Luft und strahle in die Kamera. Papa erkennt man im Hintergrund als Alien verkleidet mit grüner Farbe im Gesicht und mit einem kleinen Hut auf dem Kopf, das wie ein Raumschiff aussieht. Ich schmunzle bei diesem Anblick. Der Christbaumschmuck deutet daraufhin, dass Papa immer fürs Aufputzen unseres Christbaumes zuständig war. Und die Schneekugel, die hat er mir einmal zu Weihnachten geschenkt. Ich sehe all die bedeutungsvollen Erinnerungen vor mir. Ehe ich mich dazu äußern kann, greift Papa zur kleinen Schneekugel und nimmt sie aus der Kiste.

„Weißt du noch, was ich damals zu dir sagte, als ich sie dir geschenkt hatte?"

Ich nicke. „Als wäre es gestern gewesen. Du hast gemeint, dass eine Schneekugel voller Magie steckt. Man schüttelt sie und verliert sich in den kleinen Schneeflocken."

Papa freut sich, dass ich mich an seine Worte erinnern kann. „Genau", sagt er, während er die Schneekugel auf den Kopf stellt und sie leicht bewegt, bloß um sie daraufhin auf seiner Handfläche abzustellen. Wir beobachten, wie die kleinen weißen Kügelchen kreuz und quer im runden Glasgehäuse herumwirbeln. Mittendrin ein kleiner Schneemann, der sich davon nicht aus der Ruhe bringen lässt.

„Vielleicht hast du Glück und der Schneesturm in dieser Glaskugel spiegelt deinen Herzenswunsch wider."

Ich lache. „Papa, wie soll das gehen? Die Schneekugel kann ja nicht zaubern!"

Papa sieht mich an. „Man muss nicht auf alles eine Erklärung finden. Oft reicht das Vertrauen, dass es funktioniert."

Gebannt konzentriere ich mich auf die Flocken und denke daran, was ich mir immer vorgestellt habe und nun niemals bekommen werde. Plötzlich formen die weißen Kügelchen das Bild, das meinen Gedanken entspricht, und ich erkenne mich in einem weißen bodenlangen Kleid und Papa, der mir einen Vater-Tochter-Tanz schenkt. Ich strahle übers ganze Gesicht und Papa ebenfalls. Selig, seine jüngste Tochter in einem Brautkleid zu sehen. Der Anblick verpasst mir einen Stich. Ich will weder darauf verzichten noch mich von ihm verabschieden. Ich will festhalten, was wir haben. Behutsam stellt Papa die Schneekugel zurück und verschließt die Kiste mit seinem Schlüssel. Währenddessen bekomme ich mit, wie sich die Wolken am Himmel zusammenziehen und der Himmel immer dunkler wird. Im Vergleich zu früher, ist es windig geworden. Diesen Wetterumschwung bestätigen auch die Äste vom Baum, die sich im ungleichen Takt hektisch auf und ab bewegen. Papa hingegen setzt sich auf die Kiste, verschränkt seine Finger und sieht mich an. Er wirkt wie ein Reisender, der zu viel Gepäck mit sich rumträgt.

„Amelie, du weißt, was jetzt kommt", beginnt er und ich schüttle wehrend den Kopf.

„Papa nicht ...", bettle ich und sehe ihn flehend an. „Bitte lass mich nicht gehen."

Papa senkt den Blick. „Es ist an der Zeit."

„Ich bin noch nicht bereit." Meine Stimme zittert. Während ich innerlich auf Widerstand gehe, verliert die Umgebung an Farbe. Bis auf Papa und dem Baum wirkt alles blass und unscharf. Mein Vater bleibt entspannt und schenkt mir ein liebevolles Lächeln. „Doch, das bist du. Weißt du, das Leben ist wie eine Zugfahrt. Die Passagiere steigen zum richtigen Zeitpunkt ein. Ich musste den Zug verlassen, aber deine Reise geht weiter." Ein paar Blätter fallen vom Baum und drehen sich verspielt im Kreis. Und so seltsam es auch klingen mag, bilde ich mir ein, dass sie für einen kleinen Augenblick eine alte Lok formen, die kraftvoll über die Wiese fährt. Abgelenkt davon, blicke ich ihr nach, bloß um im nächsten Moment erkennen zu müssen, wie sich die Blätter voneinander lösen und sich in unterschiedliche Richtungen verteilen.

„Es gibt noch so viel, was ich dich fragen will!", plappere ich. Doch ohne darauf einzugehen, spricht Papa weiter: „Ich hab dich lieb, Amelie. Und ich bin unendlich stolz auf dich. Auf dich, Eloise und Mama."

„Nein, Papa! Lass mich nicht gehen! Wir sind noch nicht fertig!", wehre ich mich, doch Papa bleibt ruhig und sein warmherziger Blick bleibt auf mir haften.

„Ich bin immer bei dir", fügt er hinzu.

„Papa, bitte! Bitte gib mir noch ein paar Minuten. Wir haben doch noch unendlich viel zu bereden!"

Ich weiß nicht, wie mir geschieht, doch schlagartig wirken auch die letzten Umrisse verschwommen. Ich reibe meine Augen, allerdings ändert sich nichts daran. Papa löst sich auf. Ich versuche nach ihm zu greifen, doch meine Hand verliert sich in der Luft und ehe ich mich versehe, ist alles um mich herum dunkel.

KAPITEL 10

„Hey, wach auf", höre ich eine dumpfe Stimme und spüre, wie mich eine Hand packt und sanft wachrüttelt. Ich brauche eine Weile, um zu mir zu kommen und öffne langsam meine Augen. Komplett verwirrt, stütze ich mich auf dem Boden ab und komme langsam ins Sitzen hoch. Es regnet und mir ist kalt. Unzählige Wassertropfen fallen zu Boden. Mein Gesicht ist nass und bestimmt dreckig. Ich wische mit meiner Hand über meine Wange. Mein Blick wandert umher. Was ist passiert?

„Alles in Ordnung bei dir?", fragt die Stimme nach. Ich sehe hoch, um erkennen zu können, wer mit mir spricht. Es ist ein Mann geschätzt in meinem Alter. Er wirkt besorgt, wobei mir seine ausdrucksstarken Augen auffallen. Überhaupt kommt mir sein Gesicht bekannt vor. Stimmt, er war bei Papas Beisetzung dabei und hat den Trauredner unterstützt. Ich weiß noch, wie er mich zwischendurch mitfühlend ansah. Ich schaue umher. Tatsächlich befinde ich mich nach wie vor am Friedhof. Offensichtlich bin ich vor Papas Grab eingeschlafen. Ich versuche meine Gedanken zu ordnen. Der verwunschene Garten, mein junges und altes Ich, die Gespräche mit Papa – all das habe ich geträumt. Aber wieso hat es sich so echt angefühlt?

„Ich helfe dir auf", sagt der Mann und streckt mir seine Hand entgegen.

„Danke", murmle ich und fühle mich leicht wackelig auf den Beinen. Ich steh völlig neben der Spur.

„Du dürftest sehr erschöpft gewesen sein, wenn du hier ein Nickerchen machst", höre ich ihn sagen und er deutet auf die vielen Gräber.

Ich nicke. Da hat er recht. „Ich bin Bernd. Wir kennen uns noch von der Beerdigung."

„Auf diese Weise hat sich auch noch kein Mann bei mir vorgestellt", gestehe ich und grinse. „Ich kann mich an dich erinnern. Mein Name ist Amelie."

Mein Blick wandert umher und ein paar Meter weiter entdecke ich Pusteblumen, die sich vom Regen nicht einschüchtern lassen. Bernd folgt meinen Blick und geht zu meiner Überraschung hin, um eine zu pflücken.

„Hier, wünsch dir was!", fordert er mich lächelnd auf und hält mir die zarte Blume vors Gesicht. „Nur zu", lässt er nicht locker. Ich betrachte die Pusteblume in seiner Hand, wie prachtvoll sie aussieht und nur darauf wartet, von mir gepustet zu werden. Automatisch denke ich an mein altes Ich in meinem kuriosen und sich viel zu real anfühlenden Traum und den bemalten Stein, den ich gezogen habe. Da war ebenfalls eine Pusteblume drauf. Das Motiv wiederholt sich. Echt spannend. Ich schließe meine Augen und spüre mich stärker mit mir verbunden als die letzten Wochen, in denen ich mir zerbrechlich und verletzlich vorkam. Ich hole tief Luft und puste energisch. Dabei wünsche ich mir, endlich wieder Vertrauen zu finden. Vertrauen in mich. Darin, meinen Weg zu finden. Und vor allem, um mit Papas Verlust umgehen zu können.

„Ich hoffe, es war ein bedeutsamer Wunsch", sagt Bernd und ich öffne langsam meine Augen. Ich nicke lediglich, um ja nichts auszuplaudern. „Er wird gewiss in Erfüllung gehen. Und falls nicht, gibt es hier noch zig andere Pusteblumen, um es erneut zu versuchen", ergänzt er optimistisch und wie in meinem Traum fühle ich mich ertappt. Als könnte er meine Gedanken lesen.

„Mir gefällt dein Optimismus", gestehe ich, was ihn sichtlich freut.

„Komm! Lass uns gehen." Er bietet mir seinen Arm an, damit ich mich bei ihm einhaken kann. Ich zögere.

„Keine Sorge. Ich zieh dich nicht. Du gehst von allein. Aber manchmal ist es schön zu wissen, dass es jemanden gibt, der einem Halt gib. Ganz gleich, für wie lange und ob es jemand ist, den man bloß flüchtig kennt. Die Menschen stecken voller Überraschungen. Vor allem die, mit guten Absichten."

Gerührt von seinen Worten nehme ich sein Angebot an und hake mich unter. So viel Romantik und das am Friedhof.

Gemeinsam spazieren wir im Regen zum Ausgang, vorbei an den vielen Gräbern, den Blumen und brennenden Kerzen. Für heute habe ich genug von diesem Ort.

„Glaubst du an verrückte Träume, Bernd?", frage ich und weiß, wie komisch ich dabei klingen muss. Zu meiner Überraschung geht er darauf ein.

„Natürlich. Die haben wir alle mal", antwortet er und ich bin bisschen erleichtert, dass er so denkt. „Als mein Opa starb, habe ich ihn öfters in meinem Traum gesehen, wie er mit einer Tasse Kaffee die Zeitung las und mich anlächelte. Und dieses Lächeln schenkte mir viel Hoffnung, sodass ich tagsüber gar nicht anders konnte, als dankbar und nicht voller Zorn zu sein."

Wir lassen uns vom Regen nicht hetzen und obwohl mir Bernd fremd ist, genieße ich seine Nähe. Als würde ich ihn längst kennen.

„Ich bewundere, dass du deinen Job ausüben kannst. Ich kann mir nicht vorstellen, ständig von der Trauer umgeben zu sein, geschweige am Friedhof zu arbeiten", gestehe ich. Bernd lacht. Scheinbar hört er das öfters.

„Wieso denn nicht? Der Friedhof ist doch ein wunderschöner Arbeitsplatz."

„Du nimmst mich auf den Arm."

„Nein, ganz und gar nicht."

„Dann erkläre es mir", bitte ich ihn und sehe ihn gespannt an. Er bleibt stehen, aber ich lass seinen Arm nicht los.

„Ich bekomme mit, wie sich Menschen von ihren Liebsten verabschieden und diese Liebe als Außenstehender erfahren zu dürfen, ist überwältigend. Das gibt mir Zuversicht, dass die Liebe immer siegen wird. Und all das Negative, das man täglich in den Nachrichten hört, nicht überwiegt. Mitzubekommen, wie die Hinterbliebenen trauern, ist für mich ein Ansporn, immer die beste Version von mir selbst zu sein und jeden Tag als Geschenk anzunehmen. Und wenn dann mal mein Stündchen gekommen ist, dann wünsche ich mir, dass man mich ebenfalls gut in Erinnerung behält und man mich vermissen wird." Er klingt fast poetisch.

„Das hast du schön gesagt", gestehe ich. Seine Worte gehen mir nahe und ich fühle mich mit ihm auf irgendeine Weise verbunden. Er kann verstehen, was ich durchmache.

„Die erste Trauerphase ist die Härteste überhaupt und ja, der Schmerz hört nie auf. Aber die Trauer zuzulassen ist nichts Schlimmes. Du musst dich niemals dafür entschuldigen, an einen geliebten Menschen zu denken oder traurig über seinen Verlust zu sein. Aber wenn ich dir was mitgeben darf ... verliere dich nicht darin. Lass es zu und dann lass das Gefühl wieder gehen. Und am besten du denkst ... du denkst dann gleich an etwas Positives oder Lustiges, das ihr zusammen erlebt habt."

„Du bist eindeutig der Experte unter uns", bestätige ich und sehe ihn dankend an. Unsere

Augen sind aufeinander fixiert. Keiner schafft es, sich davon loszureißen. Er gibt mir das Gefühl als würde er die Amelie sehen, die ich bin. Mit all meinen Facetten. Und mit meiner Geschichte. Kurz halte ich den Atem an und bin verwundert, dass er in mein Leben getreten ist. Und schon muss ich an Papas Worte denken, auch wenn sie mir bloß in meinem Traum erschienen: ... *das Leben ist wie eine Zugfahrt. Die Passagiere steigen zum richtigen Zeitpunkt ein.*

„Ach, hier bist du!", meine Schwester klingt erleichtert und reißt mich mit ihrer Anwesenheit ins Jetzt zurück. „Ich habe mir schon Sorgen gemacht." Ich lasse Bernds Arm los und erwidere die Umarmung meiner Schwester. Daraufhin drehe ich mich zu Bernd: „Danke, dass du mich nicht liegen gelassen hast." Er lacht, meine Schwester hingegen kann mir nicht folgen. Aber das muss sie auch nicht. „Und danke für den Austausch. War schön, mich mit dir zu unterhalten."

„Vielleicht sehen wir uns wieder", sagt er.

„Bestimmt."

Zuversichtlich zwinkert er mir zu und ich hab das Gefühl, dass er noch eine größere Rolle in meinem Leben spielen wird.

Meine Schwester zieht mich zu sich unter ihren Schirm. Dieser ist zum Glück groß genug für uns zwei. Sie hat Bernd selbstverständlich erkannt und sich von ihm ebenso verabschiedet. Wortlos spazieren wir die letzten Meter bis zum Ausgang und lassen den Friedhof hinter uns. Auf dem Weg zum Auto flüstert sie mir neckisch zu, dass ich sogar auf dem Friedhof einen Flirt habe.

„Na, so ist es nun auch wieder nicht", lache ich. Dass ich ihn sehr sympathisch finde, kann ich aber nicht abstreiten.

„Du wirkst verändert. Also im positiven Sinn", fällt ihr auf.

„Wie meinst du das?"

„Na ja, du wirkst wieder mehr wie meine lebensfrohe Schwester. Als ob du wieder du selbst wärst. Oder es fühlt sich für mich zumindest so an. Das habe ich vermisst."

Unerwartet bleibe ich stehen. Eloise scheint verdutzt. „Der Regen wird immer stärker.

Wollen wir uns nicht einfach ins Auto setzen und nach Hause fahren? Du bist bereits nass. Nicht, dass du dich erkältest", meint sie es wie immer nur gut mit mir, doch ich gehe erst gar nicht darauf ein.

„Eloise, Papa geht es gut." Meine Aussage kommt wie aus dem Nichts. Meine Schwester kennt sich nicht aus und zieht die Augenbrauen zusammen. Sie versucht mir zu folgen.

„Was sagst du da?" Sie versteht nur Bahnhof.

„Ich bin eingeschlafen und habe von Papa geträumt. Er sah zufrieden aus. Er sagte, dass wir uns keine Sorgen machen müssen, dass wir stark sind und zurechtkommen werden. Und er wartet auf uns, aber zuerst sollen wir noch unsere Träume verwirklichen und das Leben genießen."

Eloise fängt augenblicklich zu weinen an. Ich nehme sie in den Arm. „Er hat uns lieb und weiß, wie weh uns sein Verlust tut."

Wir stehen da. Arm in Arm. Der Regen prasselt auf den Schirm und zu Boden.

„Wir können so dankbar für die schöne Zeit sein, die wir als Familie hatten. Das ist etwas ganz Besonderes. Papa ist stolz auf uns. Und auch wenn es uns schwerfällt, wir werden weitergehen und unser Leben leben. Ohne ihn, aber in Gedanken und im Herzen bei uns."

Meine Schwester sieht mich an. „Wow, all die weisen Worte und das nach einem Nickerchen", scherzt sie und reicht mir den Schirm, um nach einem Taschentuch zu greifen und sich lautstark die Nase zu putzen. „Richtig ungewohnt", fügt sie hinzu und ich frage, was sie damit meint. „Dass ich die Rolle der kleinen Schwester einnehme." Sie lächelt mich an. „Danke dafür. Du hast recht. Wer weiß, wovor Papa beschützt wurde. Und ja, für die schöne gemeinsame Zeit können wir dankbar sein. Es tut einfach weh. Ich muss jeden Tag an ihn denken."

„Das weiß er."

„Ich hoffe, dass er mir ebenfalls mal im Traum begegnet und es mir persönlich sagen kann." Nun kommen mir die Tränen. Das wünsche ich ihr auch.

„Leg dich einfach vor sein Grab", scherze ich und Eloise lacht. Es ist schön, ihr Lachen zu hören. So mochte uns Papa am liebsten, wenn wir herumalberten. Es wird sicherlich eine Zeit dauern, bis wir seinen Tod verdaut haben und der Schmerz wird nie ganz vergehen. Aber ich versuche diesbezüglich nicht mehr so streng mit mir zu sein. Wenn ich weinen muss, dann weine ich. Wenn ich lachen will, dann lache ich. Ich werde immer an Papa denken und an all die schönen Erinnerungen. Aber ich werde auch mein Leben genießen, mutig sein und Veränderungen zulassen. Denn wenn ich etwas gelernt habe, dann, dass das Leben viel zu kurz ist, um auf den einen Moment zu warten. Man weiß schließlich nie, wann es vorbei ist.

KAPITEL 11

40 Jahre später

Im Nachhinein ergibt alles Sinn. Mit ein wenig Abstand und all den Lebenserfahrungen sieht man die vielen kleinen Puzzlestücke, die ein großes Ganzes ergeben. Ich denke jeden Tag an Papa. Nach all den Jahren. Ich spreche in Gedanken zu ihm oder höre ihn lachen, wenn ich was Witziges sage oder etwas Lustiges beobachte. Auch Kleinigkeiten lassen mich an ihn denken. Ich esse zum Beispiel ein Brot zum Frühstück und erinnere mich daran, wie er mir als Kind die Jause für die Schule richtete. Oder wie er in der Küche stand und einen Berg an köstlichen Palatschinken zubereitet hat. Ich erinnere mich an sein Talent zu zeichnen und habe eines seiner Werke, welches er mal unserer Mama geschenkt hat, bei mir im Haus aufgehängt. Wenn eine Glühbirne den Geist aufgibt, denke ich daran, dass Papa es war, der sie gewechselt hat. Ich könnte hier noch zig Beispiele aufzählen. Obwohl er seit Jahren tot ist, ist er nach wie vor in meiner Gegenwart präsent. Ich beziehe ihn in meine Entscheidungen ein und gab seine Werte an meine eigenen Kinder weiter. Nun habe ich selbst ein gewisses Alter erreicht.

Mein altes Ich hatte im Traum recht: Mein Leben war voller schöner und trauriger Momente und keinen davon möchte ich missen. Ich blicke in den Spiegel und sehe die gleiche adrette Frau, die in meinem Traum zu mir gesprochen hat. Meine Schwester kann ihr Alter ebenfalls nicht verbergen. Mit ihren langen weißen Haaren und ihrem sanftmütigen Blick, sieht sie wunderschön aus wie eh und je. Ganz gleich, wie sehr sie sich über ihre Falten beschwert. Gegen die kann sie ohnehin nichts machen. Sie und meine Nichte kommen gleich zu mir. Dafür habe ich extra einen Rhabarberkuchen zubereitet. Das ganze Haus duftet fruchtig-süß danach. Ich hole das Geschirr aus dem Schrank, das unsere Mutter immer zu besonderen Anlässen verwendet hat, bloß, dass es heute keinen gibt. Also besonderen Anlass meine ich. Es ist ein Tag wie jeder andere, aber das ist meiner Meinung nach Geschenk genug. Dafür kann man ruhig das edle Porzellan verwenden. Als ich mit den Tellern im Zeitlupentempo bei der Kommode vorbeischlendere, erhasche ich einen Blick auf ein altes Familienfoto. Eloise, Mama, Papa und ich stehen nebeneinander und lächeln vergnügt in die Kamera. Im Hintergrund die Gloriette im Schlosspark Schönbrunn. An diesen Nachmittag erinnere ich mich, als wäre er gestern gewesen. Meine Familie hat mich zu jener Zeit in Wien besucht und es war ein herrlicher Sommertag. Wir spazierten durch die große Parkanlage, aßen Eis und freuten uns über die schattigen Plätze. Meine Schwester bestand irgendwann mal darauf, ein

Familienfoto zu machen. Dafür hat sie einen schnuckeligen Wiener angesprochen, der als Fotograf herhalten musste. Jedes Mal, wenn ich mir das Bild anschaue, bin ich ihr im Nachhinein dankbar für ihre Idee. Denn das Bild ist Teil einer Erinnerung. Ach, was waren wir jung. Ich war vielleicht Mitte zwanzig. Da frage ich mich, wo all die Jahre geblieben sind.

Mama ist inzwischen verstorben. Gemeinsam haben wir noch viele Abenteuer erlebt. Eloise und ich sprechen oft darüber, dass sie nun bei Papa ist. Und dort ist sie gut aufgehoben. Mir gefällt die Vorstellung, dass sie gemeinsam mit ihm an diesem Gartentisch sitzt, Torte isst und sich köstlich über Papas Witze amüsiert. Oder Hand in Hand an der Promenade spaziert und über das Wasser blickt. Nachdem ich diesen Traum hatte, habe ich alles in ein Tagebuch geschrieben. Ich wollte nicht riskieren, dass die Erinnerungen daran verschwimmen. Eloise habe ich die Einzelheiten erzählt. Sie beneidet mich immer noch darum, dass ich mit Papa gesprochen und auch mein junges und altes Ich gesehen habe. Wenngleich es nur ein sonderbarer Traum war.

Meine Schwester und ich unterhalten uns gerne über das Leben, über die Entscheidungen, die wir getroffen haben und die wertvollen Erfahrungen, die wir machen durften. Wir sind dankbar dafür und betrachten jeden Tag als Geschenk. Ich glaube, Dankbarkeit spielt dabei eine wichtige Rolle. Man lernt, das Leben noch mehr zu schätzen und sich von Stolpersteinen nicht überrollen zu lassen. Und vor allem ist es für mich eine große Hilfe, mit dem Verlust eines geliebten Menschen umzugehen. Auch wenn es wehtut.

Meiner Schwester und mir ist bewusst, dass wir selbst nicht mehr lange leben werden. Die Uhr tickt, aber wir lassen uns nicht davon beeindrucken. Wir genießen, was wir haben. Ich habe keine Angst mehr vor dem Tod. Ich betrachte ihn nicht mehr als das Böse, das mir etwas wegnimmt, sondern mehr als jemanden, der meine Seele auf die andere Seite begleitet, um dort wiederum neue Erfahrungen zu machen. Bernd hat da ebenfalls seinen Beitrag geleistet, dass ich einen anderen Zugang zum Tod bekomme. Viele Jahre war er an meiner Seite, bis das Leben andere Pläne für uns hatte. Aber das ist in Ordnung. Heute weiß ich, dass Papa und Mama lediglich vorausgegangen sind. Wie all die anderen wundervollen Menschen, die ich mit den Jahren verloren habe. Ich bin mir ganz sicher, dass wir vier früher oder später wieder vereint sind: Papa, Mama, Eloise und ich. Dann sind wir als Familie wieder komplett und unterhalten uns über Eichhörnchen. Oder so.

MEINE INTENTION

Mein Buch soll dir die Kraft geben, die mir selbst gefehlt hat. Ich wünsche mir, dass dich meine Worte berühren und dir Hoffnung schenken. Ich weiß, wie schmerzhaft es ist, einen lieben Menschen zu verlieren und wie steinig der Weg zurück in den Alltag sein kann. Ich möchte dir Mut geben und dich daran erinnern, wie wertvoll und endlich das Leben ist. Trau dich deshalb, deinem Herzen zu folgen, deine Träume zu verwirklichen und Dinge auszusprechen, die dir auf der Zunge liegen. Lass deine Mitmenschen wissen, wie wichtig sie dir sind und sei dankbar für jeden noch so kleinen Moment, der dir ein Lächeln ins Gesicht zaubert. Wo auch immer du gerade stehst, vertrau darauf, dass alles gut wird.

Alles Liebe
Julia